微 篇 小 说

时 代 记 录

尚
书
房

生命的最后一天

符浩勇 著

南海出版公司

2020·海口

图书在版编目（CIP）数据

生命的最后一天 / 符浩勇著 .-- 海口：南海出版
公司，2020.8

ISBN 978-7-5442-8013-6

Ⅰ.①生… Ⅱ.①符… Ⅲ.①小小说—小说集—中国
—当代 Ⅳ.① I247.82

中国版本图书馆 CIP 数据核字（2019）第 127815 号

SHENGMING DE ZUIHOU YI TIAN

生　命　的　最　后　一　天

作　　者　符浩勇
责任编辑　张　媛
装帧设计　马顾本
出版发行　南海出版公司　电话：（0898）66568511（出版）（0898）65350227（发行）
社　　址　海南省海口市海秀中路 51 号星华大厦五楼　邮编：570206
电子信箱　nhpublishing@163.com
经　　销　新华书店
印　　刷　北京军迪印刷有限责任公司
开　　本　787 毫米 ×1092 毫米　　1/16
印　　张　13.5
字　　数　133 千
版　　次　2020 年 8 月第 1 版　　2020 年 8 月第 1 次印刷
书　　号　ISBN 978-7-5442-8013-6
定　　价　69.80 元

目录

荒漠一夜

天蒙蒙亮的时候，他已在大漠里跋涉了整整一夜。

他蠕动着苦涩僵硬的舌头，舔了舔嘴唇上的干血泡，面对远方一望无际的沙海，不由回望一眼身后伴随的追敌——晨雾里闪着两点绿光的饥饿的野狼，心里又掠过一丝恐惧和绝望。

他是昨天下晌为了拍摄到沙漠上的绿洲，离开了驼铃队，深入到大漠深处的。当黄昏降临的时候，沙梁上传来一声凄凉血性的狼嚎声，他回首寻望，蓦然发现了暮色里浮动着两点闪亮的寒光，倏地，疲惫夹带饥饿一同向他袭来……

整整一夜，他别无选择，惶惶地在大漠里奋力向前走。途中，他为补充体力，备带的干粮吃完了，水壶里的水喝干了，肩上压着沉沉的摄像机和行囊背包。但他不忍心将拍到的海市蜃楼般的别致风景一掷了之，那可是他艺术生命的价值所在。然而，野狼显然盯上他了，将他视为大漠里唯一的补充营养的佳肴，他只好拼尽全力在沙漠里走着。他心里明白，在沙漠里，缺水是最大的灾难，野狼同他较量的是毅力和意志，自己若是稍有松懈，在沙梁上倒下，野狼就会冲上前，挥舞双爪，将他撕成碎条，充饥解渴，而他拍摄的荒漠上的别致风景将化为乌有。

他回望野狼时，明显发现野狼浑身抽搐，脊梁的骨节更加凸起，干瘪的肚皮贴在沙土上，喘气声越来越粗重，他们之间的距离越拉越长……渐渐地，野狼举步维艰，停下来了。他心里不由掠过一阵狂喜，野狼终于撵不上自己了。片刻，又见到野狼嚎叫一声，转头掉向，灰溜溜地往回逃窜。他不由挺直身躯，英雄般地傲立在沙梁上，似乎嘲笑野狼意志的崩溃瓦解。

当野狼的背影逃遁远去，他又一下子瘫倒在沙梁上。他该往哪里走？何方才能寻到驼铃队？哪里才有水源？由于严重的缺水，他已鼻孔出血，七窍冒烟，四肢乏力。忽而，他转念回想，猝然想到，野狼的转向莫非预告着前方是一条通向大漠腹地的死亡之路？于是，他意识到只有重新振作，尾随野狼，或许才有可能离开大漠，找到驼铃队，使别致风景焕发艺术之光。

他复而挺起疲惫的身躯，沿着野狼逃遁的方向赶去。为了避免同野狼孤注一掷，他既不能尾随太近，那样会惊扰到它，当然又不能太远，如果稍有松懈，就会迷失跋涉的方向。

芨芨草是大漠里跋涉者的救命圣草，但野狼过处，芨芨草已被啃尽。他随踪而来，只好刨出草茎，细嚼取湿。野狼困乏了，停下来回头对峙地盯着他；他也停靠下来，机警地准备应对野狼的反扑。有多少回，狼跑他奔，狼歇他停。有许几阵子，狼的双腿摇摆踉跄，迷迷茫茫地迈步，他就像虚脱一般神情恍惚，晕晕乎乎地跟着……

　　狼撵人整整一夜，人追狼足足一天，又是日头西斜的时分，终于，前方出现了一片罕见的沙洲——那是内陆河被沙漠侵袭仅存的一汪清水。

　　野狼仿佛忘却了疲惫，奋着双蹄奔过去。

　　他喜出望外，狠狠地咬了一下血唇。忽而，一阵熟悉的驼铃声响过，昨天同行的地质勘探队出现在前方。他顿感泪水漾出眼眶，朦胧中，他看见两名地质队员正端枪向着吸水的野狼瞄准，他声嘶力竭地喊："别打它，没有它，我走不出荒漠，是它救了我的命……"

　　枪响声落，野狼猝然倒在甘泉一般的水边，枯瘦的四肢也懒得一动。

　　他一个踉跄，向前一个滚翻，昏了过去。

哑　山

铁路通了,火车叫了,筑路工又要转场了。万重山忽然想到,应该去看看黄草崖。

黄草崖在西南边陲,山势并不陡峭,名叫哑山,原本没有什么名气,却随着隧道开凿,正扬名天下。

雨后的山野,一片朦胧;远方,如黛的群山,更显出深邃和险峻。

他坐在轮椅上,支开推车人,面对黄草崖隧道里深深远去的铁轨,心海泛潮……

一年前,他作为工程技术施工的副总,率领勘探队查看地形时,就担心要打通隧道是个不可轻视和穷于应付的任务。果不其然,在半年前的深入掘进中,隧道的凶险狰狞面目便显露无遗,遇上了打隧道最忌讳的断层,更难缠的是石质偏软,既显水又涌泥，他就是为排除更大的风险去引爆软弱围岩时，被意外的塌方压残双腿的。

昨天，通车的庆典刚刚开过，洞口边，还残留着鞭炮的纸屑，以及装过鲜花的草篓。他听说，筑路工忘情地沉浸在成功的喜悦里，他们呐喊、欢呼、拥抱，汗珠和泪水从每个人的脸上流下，喜悦和哭声交织在一起，在空旷的大山里和蔚蓝的天空中回响……

忽然，一个小男孩童稚的声音冲进他的耳膜："妈，那叔叔怎么坐那种车？"

"那是因为叔叔的腿不能走路。"

"他为什么不能走路？"

"叔叔的腿伤残了。"

"那是怎么伤的？"

"是为了山野里响起第一声火车穿行的笛声，是为了大山回响起阳光一般灿烂的笑声，是为了你还有你妈妈……我就是为凿挖隧道，引爆软弱围岩而伤残的……"他心里油然应声惊呼着。他循着传过来的声音转过身去，却见一个装扮鲜艳的少妇，携着一个瘦弱的小男孩比画着。路边，不知什么时候抛停着一辆色泽光亮的奔驰轿车。据悉，这里将建立一个停车十分钟的小站。

少妇清脆地回答小男孩的问话："那是叔叔小时候……不听他妈妈的话，像张阿姨家的小毛，乱闯马路，给车撞的——"

看见小男孩一脸惊慌，他悬着的心沉了下去，心里申冤：他没有乱闯过马路，他小时候生长在寂寞的大山里。他的假腿不能狠狠地踩地了，可幸存的手攥成了一团，他向着少妇瞪了一眼。

少妇挪到车边打电话去了，小男孩怯生生地走过来，他这才松开了拳头。

小男孩问："叔叔，你的腿不能走路？"

他没有回答，一脸茫然。

小男孩又问："你的腿不是还好吗？"

他只轻轻一声："那是假的。"

"小时候，你怎么不好好听妈妈的话？"小男孩满脸遗憾。

他的鼻子一酸："哦，不……"

"小圆，走，我们走……"少妇打完电话，向小男孩招手。

小男孩清朗地应了一声"哎——"，就蹦蹦跳跳地走了。

倏然，他的双眸模糊了，黑暗的隧道无言地伸向远方。洞口边，鞭炮响过了，留下的是碎纸屑，鲜花谢去了，遗落的是空空的草篓……

好汉当事

贾德强突然产生一个可怕的想法：我要报复！

这最初只是一个模糊的念头。它就像在他的躯体里过电一般，"砰"的一声炸开了，继续在脑海里生根发芽，蔓延并延伸到心里，逐步演变为一种确定急切的想法。甚至他本人都不敢相信，他的思绪连日来被搅得乱七八糟，像蛇一样缠绕着他，闹腾得他吃睡不安。

其实，同从乡下来的老乡都知道，他胆子很小。

刚进城时，他只是做收旧货的营生，经常出入多个小区。有时居民丢失了东西，报案来了警察，他听不懂他们说的方言，但看得懂人家的目光，就觉得芒刺在背，慌得就好像真的偷了东西。后来，他改在一家临时工厂流水线上做零件，车间里有人的零件丢失了，报了案，人人都成为可疑对象，他却神魂不安，眼皮老跳，警察找不到丢失的零件最终还是走了，他却耿耿于怀，担心别人怀疑他。有时警车鸣笛在街上开过，他希望这警车能来查清楚，以证明他的清白。

这些事成了同乡茶余饭后的谈资笑料。人家背地里总说，胆小老实的家伙进城来就像让他赴一场宴会，抢食都不如他人哩。

然而，他并不在乎别人的嘴巴和目光，做工卖力而且勤勉。一年下来，他省吃俭用，居然有了积蓄。

有了积蓄就可养家糊口，他乘着回家过端午节带来了鲜活水嫩的媳妇，在他租居的工棚住下了。一时间，郊外那个临时搭建的厂房，以及昏暗的车间透亮起来，他媳妇出出入入的腰肢像藤条一样，一步三摇摆，落进了车间包工头老黄贪婪的目光里。

包工老黄找到他，说："你不用做零件了，跟车跑县城送货去，工钱是做零件的两倍。"他当然高兴，别过媳妇就跟车走了。但跑了县城他才知道，每周两趟，每跟车一趟都要过夜，次日晌午才回来。

两个月下来，事关媳妇的风言风语就来了，说得有板有眼。有说，他跟车跑县城去的夜里，工棚里的老鼠就特猖狂，常常闹腾到下半夜，有时要到了黎明时分才静下来。厂房临着一条小溪，溪边长满了密密的水草。他媳妇去割草，包工头老黄总会去帮忙，就滚在草丛里，那日没起风，可草丛却在翻动，就像巨蟒游过，好哟，草丛中两个人像赤条条的白鱼，游在碧水里。人家挤眉弄眼对着他酸笑，他本来枯叶褐色般的脸孔就黑下来，像抹了锅灰，堵着一团恶气，心中就浮现杀人的模糊念头。

他问媳妇："我忙里忙外的，你别让我戴绿帽子！"他居然懂戴绿帽子的意思。媳妇起先忸怩地说："别听人胡扯，没有的事啦……"他不由性起，拥抱媳妇滑溜的肉团，媳妇就任由着他。但到后来，媳妇动辄以身子不舒服为由，不让他游刃有余，他又会醋意大起，还动了拳脚，媳妇却哭着认了，末了还怨他是男人，却护不了自家女人。

他去找包工头老黄说，他不想跟车跑县城了。包工头老黄对他说："你不跟车就走人，反正有人惦记着去跑县城。要是肯留下，你媳妇可安排杂工干，有一份工钱。"

他转而劝媳妇说："你别作践自己，多躲着人家，给我留个面子。"媳妇果真给他面子，只有他跟车跑县城了，才到约定的溪边草丛去。说着留个面子，却只是背着他一个人而已，媳妇去车间做杂工很轻松，时时在众人眼下同包工头老黄打情骂俏，卖弄风情。

同乡见他居然没起脾气，自己的女人都管不住，都鄙视他，背地里议论说，这家伙给乡下人丢脸了，不配做个男人，早该阉割结扎，蹲着撒尿算了。

他时时处处都感觉到同乡的指指戳戳，心里常浮起一种万念俱灰的痛楚。不跟车跑县城时，他总爱往厂房边上的酒店钻，喝得酩酊大醉，发酒疯般拿出一把长锈的尖刀，往桌上一掷，吼道："哪个再惹老子不顺心，我宰了他！"有时把烟抽得很凶，把自己罩在烟雾里，压抑心里的波澜。就是这时候，他坚定了杀人的想法。

一个夜里，他梦见自己已控制住包工头老黄，就像扼住了一只待宰羊羔的喉咙，恨不得剥他的皮、抽他的筋。他拿出了那把已磨亮的尖刀，意欲抠出他淫毒的眼珠，心里不由涌起一阵强烈的快意……然而，当他握紧尖刀喊杀人时，待宰的羊羔成为疯狂的凶狗，汪汪狂吠。他忽地醒了，是一阵警车鸣笛的声音唤醒了他，他吓出了一身冷汗，瞬间，他像刺猬一样缩成一团，生怕一不小心，杀人的喊声蹦出来。

他还是跟车跑县城送货去，但买了一部廉价的小灵通。他刚在县城停顿，媳妇打来电话哭着告诉他，包工头老黄被杀了，死在厂房外的干草垛边。他挂了电话，就租了一辆车赶回厂里。

警察正在现场，警车的鸣笛还在不停地响着。他挤进围观人群中去，嚷道："别白忙了，好汉做事好汉当，是我杀的，我坦白！"

警察要扣走他，可同乡们拥上去做证，说他并不存在现场作案的时间。他却吼道："不，不！是我杀的，我在心里已经杀过他几百遍了，那把磨亮的尖刀就搁在家里！"

他媳妇盯着他，不由打了一个寒噤，说："你是不是疯了？"

来去野猪林

　　街对面那家野猪林酒店，三年前只是一间抱罗粉店铺。

　　那时两间临街铺面打通了中墙，半间为厨，一间半为堂。年过半百的老发爹掌勺，二十出头的女儿跑堂。每个圩集，天刚蒙蒙见光，父女便起身了，摆好六七张八仙桌般大的圆木桌，十多条巴掌大尺余长的凳子，每张桌上又搁着用糨糊空瓶装满的竹筷子，然后老发爹甩响扎在腰间的围巾，吆喝两声开市了。我那时刚到这个小镇蹲点，图方便常到那里吃早餐，老发爹每回见着我，脸上就露出巴结的笑纹。至今我仿佛记得那时的抱罗粉真的又白又嫩又软又滑，老发爹又总是能弄出香喷喷的花样，我每天去了吃，次日又吃而去。

　　野猪林酒店取代抱罗粉店铺也只是两年间的事，却已现一定规模，原来两个铺面被一栋三层阁楼代替，而掌厨的是老发爹的女婿宽财。据说他无师自通练就一手调味配料招数，不咸不淡，又脆又滑，爽口香醇，爱吃什么味的就能吃出怎样的味来。跑堂里每天十余张餐桌围得拥拥挤挤，女人一个跑不赢，就招了四个山味野气十足的村姑帮手。以往老发爹的抱罗粉店来的吃客都是赶圩的农家人，中午了就叫上一碗半勺的权当充饥，最奢侈也只是加打一只鸭蛋，匆匆地吃又匆匆地走。而今宽财的酒店来的吃客却是贵贱不分，宽绰人家或者外来商贾来吃是图新鲜实际，而吃力卖气的农家人花上二十多元来杯米酒吃得潇洒，总是见吃了去，去了来……

我踏进野猪林酒店，再不是来小镇蹲点，而是镇里的挂职科技副镇长。

镇里虽然每月饭局不少，但也不至于每天都应酬，加上镇政府没有食堂，经商定每月付六百元给酒店，我没饭局时就去吃便饭。头一回，镇书记带我去时，宽财对我一笑，我倏地记起蹲点时老发爹与我照面的神情。我记得那次陪书记吃饭，宽财也过来倒了两杯，结账时挂镇政府六百八十元。此后，只要镇政府没有应酬或是有应酬轮不上我忙活，我就往野猪林钻，不时也就会逢上宽财，但这时他不是主厨，成了袖手旁观的老板。我发现他手上戴着一只很抢眼的钻戒，又抽着名牌"三五"洋烟。后才听着他买中街上的"私彩"，冒头包尾三字乱赌赢了近十万元。有时他掏烟时看了我一眼意欲甩给我，我连忙摆手婉拒。我很知趣，镇里一个月付六百元，我也只能是稀饭送咸鱼或菜脯，同样吃得精神健旺。

之后，我去酒店，逢上宽财，他咧嘴招呼我："来了？"我也回答："来了。"只是他不再向我敬烟，好在我也不在意，待跑堂的端饭上菜我便填肚走人。再后，我去酒店，好不容易逢上宽财，他仍招呼我："又来了？"我只笑笑算是应答，可从他脸上再也找不到那种讨好人的和颜悦色。

转眼半年过去。其间，镇里组织下乡搞野种培植，我几乎都吃睡在乡野田头，已是许长一段时日不去野猪林了。

本来那天县上来了人的，镇长也嘱我去陪宴，只是我手上要赶一份材料，镇书记要用作汇报的。于是我就往酒店跑，匆匆点了份简单的快点，宽财见着我："你还来了？我以为你早不来了。你这样是要吃到什么时候？"开始我不怎么明白，就说："没应酬我还会来。"没想到，他狠狠吸了一口烟，呼出浓雾罩住脸孔，说："你也是一个镇长，虽是副的，但也吃人间烟火吧，吃喝也总不能这样节俭，镇政府也不至于困难到用一顿饭打发你一个月伙食。其实，你可以点别的什么特色风味菜，也算是接待朋友或亲戚，账挂了，镇政府也会认账的。"直到这时候我才明白，他是担心我的六百元会吃崩掏空他的野猪林。

我不好争辩什么，只说："粗茶淡饭很有利于健康，要奢侈排场我不能破这例。"宽财仿佛刚酒醉饭饱，打着嗝，用牙签往牙缝剔着什么，说："你也太死脑筋了，不吃白不吃，吃了也白吃，又不见让你掏衣袋，至少变个味换个口味又能怎样？当今除了小孩不换，老婆也能变，你看我不就离了，我又结婚了——"

这么一说，我才想起已有些许时日没见到老发爹的女儿忙来紧去的身影。曾经多时，我总是见到额头渗出细密汗珠，有时还咳嗽，仿佛有什么卡在喉咙间，咳不出来，脸颊透出病态的桃红。宽财盯着我，说："下回你来，我帮你点个野味，你们镇长喜爱吃，吃不完打包走，账你记上就是了。你不就是来镇里挂职吗？挂账也是一种体验！"

我正待回话，宽财爱看不理般向厨房走去，好像有谁在招呼他。我忽然发现他的头发不知什么时候起已用摩丝至少不至于用口水整理出一派油滑。而此后，我再也不去野猪林了。

大儿媳妇，二儿媳妇

王阿婆常常惦记在县城小镇上农办企业上班的两个儿媳妇。逢农闲，她决计进城去，到两个儿媳妇家走一趟。

王阿婆先到大儿媳妇家去。

大儿子长根是小镇藤织加工厂采购，常年出门在外，家里只有大儿媳妇一人，她可是藤织厂的会计，能说会道，内外都是一把手。王阿婆还未进门，大儿媳妇就满脸笑意地迎出来，说："阿妈，我做梦都惦记你，巴不得你早来，这次来，要多住几天，否则，我就缠着不放你走。"那语气仿佛是亲生女儿一样，说时已将家婆迎进厅堂，扶携着在舒适的沙发上坐下，转身从冰箱里拿出冰冻的罐装椰子汁，递上来，把家婆捧得乐颠颠的。

次日一早，大儿媳妇就把家门钥匙交给家婆，出门时说：

"妈，有你在家，我上班就放心，我买的菜还来不及洗，如有空，妈就帮着洗了，肉搁在冰箱里，我若回来晚了，你就自己烧饭，有劳老人家了，过意不去。"

王阿婆听着大儿媳妇的话，心想，大儿媳妇怎的一家人说两家话，来了干些家务也是应该的。于是，她便把家务活全包揽下来，整天总是清扫庭院，烧饭煮菜，虽然菜的味道不怎样，但大儿媳妇一点儿也不见嫌。大儿媳妇常常在厂里加班，很晚才回来，换下的衣服本来想次日才扔给洗衣机，可次日醒来，已见家婆将衣服手搓水洗……王阿婆就是累弯了腰杆，她也能体谅大儿媳妇的难处。

然而，日子一长，王阿婆心里就开始腻味：巴望一个星期只有三天，而大儿媳妇则希望一个星期能有十天。王阿婆住了多半个月，大儿子长根出差没有回来，心里就惦记起二儿媳妇，就说要离开，到二儿媳妇家去。大儿媳妇还想留，嘴上甜甜地说："妈，你到二婶那去，如住不惯，就尽快回来，我做梦也会等着你。"王阿婆苦笑，大儿媳妇实在忙，但她还是到二儿媳妇家去。

二儿子长顺是小镇制砖厂的推销员，也常年跑在外头。二儿媳妇则是一名脱坯工。她初见家婆进门时，忙停下手中活计，憨然一笑："妈，是你来了，长顺不在家，你快进屋歇着，你看我在忙呀，你自己倒水喝。"说罢，又随手捡活计忙起来。

忙完了，二儿媳妇才招呼家婆一块吃饭，不时还特意把肉夹到家婆的碗里，显得客客气气的。每天，临出门还说："妈，你在家歇着，我上工了。"直来直去，别无他话。

二儿媳妇比大儿媳妇还忙。白天忙着往制砖厂跑，有时中午下班时才买菜回来，晚上忙着家务琐事。有时夜深了，还在灯下飞针走线，不知还缝织着什么。王阿婆并不知道二儿媳妇夜里是几时躺下的，而第二天起来时，二儿媳妇已上班去了，却已做好了早饭。尽管王阿婆每天守在家里，每顿饭还是二儿媳妇做，有时王阿婆帮着扫地，二儿媳妇仿佛就显得不安，王阿婆的心里也觉得不是滋味。

王阿婆也在二儿媳妇家里住了多半个月，二儿子长顺也始终未回家，便提出回乡下去。二儿媳妇留她，说："妈，乡下现在闲着，就多住些日子吧。"王阿婆心想，在大儿媳妇家里，虽然整天忙乎着，但听的都是孝敬的话，而在二儿媳妇这，却是闲得慌，可又……她回二儿媳妇的话："先回去，过阵子，我还会来。"见家婆倔，二儿媳妇也就不强留。

王阿婆去车站，二儿媳妇去送，一路上，也说不上多少话。

临上车，二儿媳妇交给家婆一个小包，说："妈，我赶织了一顶毛毡帽，过些日子天气就会凉了，你就将就戴吧，我脱不开身去孝敬你。"

王阿婆上车坐定，就从小包里掏出毛毡帽看：啊，多耐看密匝的针线呀，原来二儿媳妇夜里是在为她赶织毛毡帽呢。她心头一热，从车窗伸出头去，想对二儿媳妇说些什么，但一时又不知道说什么好。

车下，二儿媳妇像是忽然又记起什么，说："妈，我在帽里底塞了三百元，回家去，知冷知暖，你就留着用……"王阿婆听罢，翻开帽底，见着几张崭新的钞票，鼻子一酸，泪水漾满眼眶……

车开动了，王阿婆再次将目光抛出车窗，只见二儿媳妇还站在站台上，向她挥手……

非常事件

万有大厦刚刚启用不到一个月，电梯间就发生了一件意想不到的事。

这件事说起来其实很难启齿，要不是当事人的男朋友向大厦的物业公司反映，这件事恐怕就悄无声息地过去了。

当事人小慧是万有大厦物业公司的清洁工，是从郊外农村招进来的，人长得秀气可人，身段有模有样。大厦里六部电梯间的清洁工作都由她一个人管，每晚十二点左右要更换电梯间印有"星期一""星期二"等字样的地毯，次日再把里里外外打扫擦洗干净。

事情发生在一天晚上，小慧像往常一样准备更换电梯间的地毯，她跟着电梯上到二十八楼的时候，上来一个四十岁左右的男子。租用大楼的单位很多，小慧不认得他是哪个单位的工作人员，只是微笑着跟他打了声招呼，然后弯腰俯身收起地毯。突然，那人从背后搂住了她，还说："小妹，你真漂亮，做清洁工太可惜了，以后跟着大哥怎么样……"说时在她身子上下一阵乱摸。小慧慌了手脚，大声喊叫起来，那人也没敢多缠，等电梯门一开就蹿得没影了。

出了大厦，男朋友来接她，看到她惊魂未定，追问之下，她才说出了事情的经过。男朋友气愤，说："这万有大厦……怎么还有这样的事，你明天就去跟物业主管说，查查是谁干的！"小慧忙说："算了，这事闹起来多难堪啊，还是别去了。"男朋友说："不行，非得教训他不可，要不明天我找几个人守着，修理他一顿！"小慧还拦，说："你还想我把脸哪儿放？"男朋友很倔："放过他，说不定他还会做出什么出格的事来！"小慧担心把事情闹大，第二天去了公司，没想到男朋友已反映此事。

物业主管听说这件事以后，很惊讶，想不到还有人胆敢在电梯间做出这样的事。刚好电梯间里前两天装好了摄像头，于是马上叫保卫科调出视频录像来看，果然找到了有人非礼小慧的录像。经过暗中查访，那人是租用大厦的一个物流公司的员工，叫赵才宝，平时名声就不太好，公司没有几个人给他好脸看。主管让保安把赵才宝请到办公室，也没多说，就把录像放出来让他看。几分钟后赵才宝就蔫了头，乖乖坐下了。他承认前一晚一时糊涂，非礼了小慧，摸了她几下。主管说:"这个事情说大就大,说小不小,就看你什么态度,要么你向当事人当面道歉赔个礼,要么我们向你单位反映……"没等说完,赵才宝就慌了神,说:"不行不行,请千万别声张,我知道我做错了。但是,当面向她道歉,她也难堪;要让公司领导知道了,我就完了。我想,或许我交点钱作为补偿什么的……怎样?"物业主管想了想,事情闹大了也会影响大厦名声,小慧打工挣钱也不容易,不如交一笔补偿金好了。于是,就答应了。

第二天,物业主管找到小慧,告诉了她处理结果,然后把一个信封交给她,小慧害羞地接过了。等主管走后,小慧才打开信封,一看里面居然有整整三千块钱。跟小慧一起做工的姐妹在旁边看到了,都围过来问怎么回事。小慧开始支吾不作声,有个姐妹嘀咕:"莫非她跟主管有什么特殊关系?"她害怕惹起误会,只好讲了事情的经过。姐妹们听了都很吃惊。

后来,这事在姐妹中引起不小的议论。

一个姐妹说:"摸几下就拿三千块钱,又快活又惬意,这样的好事哪里去找啊……要是谁给我一千块,我情愿让他多摸几下。"

另一个说:"小慧我认得,还不如我们漂亮呢,被人摸几下都能得到三千块钱。如果有人摸了我,说不定给的钱会更多呢……"

一个在别的大楼做工的姐妹也听说了这件事,说:"我们大楼里可没这么好的事，我上次搬东西被划伤了手，公司才给了五十块钱。俗话说得好，靠山要靠大山，吃水要吃深水，还是你们万有大厦的人有钱啊。以后你们那边还要招人的话，要记得告诉我啊，我一定去应聘！"

寻找幸福路

　　他拄着木杖，踯躅在街道上，前路，弥漫着寒雾。

　　他觉得自己的乔装打扮是一流的，精湛的表演可获得奥斯卡最佳演员奖。可是，他并不想入非非，不在乎什么奖，只想拨开缠绕眼前的迷雾，寻找到心灵的慰藉，寻找到人间的温暖，寻找人性善良的宝光。

　　他清楚地记得自己被当作犯罪嫌疑人抓起来的那一幕。他精神备受折磨，终生刻骨铭心。连续几天的审讯，他几乎合不上一眼，喝不上一口水，精神恍惚，濒临崩溃，被迫承认杀人，后被判死刑缓期两年执行。入狱后，他不断上诉，可还是被驳回维持原判。他的母亲遭受不了这个打击也离开了人世，父亲积劳成疾丧失了劳动能力，妻子也离他另觅幸福，两个孩子交由他的姐姐抚养。他的情绪跌入人生冰点，尽管狱警做了大量工作可还是收效甚微。后来，他又继续上诉，法院重新审理案件，发现疑点多多，终于以证据不足将他无罪释放。公安部门重新侦查案件，终于将真凶缉拿归案。

五年后出狱，三十几岁的他已两鬓斑白。他在痛苦与彷徨中熬着日月，简直是度日如年。这个世界还有他期待的东西吗？他持有一种怀疑的态度。

他戴上墨色眼镜，企图把自己和外面的纷杂世界隔开，期盼透过镜片过滤社会人生，企盼通过探路木杖寻找幸福的指数。

马路上大小车辆川流不息，两旁店铺商品琳琅满目，叫卖声此起彼落。人行道上游人如织，好不热闹。路上，外地来的散工三五成群，等待雇主。可他视若无睹，木杖探路摸索着前行，似乎是黑暗世界里的独行者。

他来到一处繁华的地方停住脚步。对面走来三个人，中间那个腆着大肚子，老板模样。

"请问先生，往桃花公园的幸福路该怎么走？"他怯怯地问道。

老板目不斜视，昂首阔步，派头十足。

"去去去！快走开！"旁边那个拎包的把他推向一边。他一个趔趄差点儿跌倒。

"你这个死瞎子，快滚远一点儿，别挡道，真晦气！"右边那个引路的怒目圆睁，粗声粗气地嚷道。

"你，你们……怎么这样？"他几乎要扬起手上的木杖，为避免露馅，只是手指着那伙人，装作气愤骂不出声的模样，看着他们趾高气扬地跟着老板离去。

"狗仗人势，有钱有啥了不起！"他愤愤地啐了一口。

他拄着木杖，继续往前走，前路的雾气更浓了。

对面走来了一对情侣，手拉着手说说笑笑，无限的甜情蜜意。

他决意走过去，试试看，问问他俩，看看对方的诚意，能否向他伸出援助之手。

他拦住了他俩，堆着笑脸问路："请问先生，往桃花公园的幸福路该怎么走？"女的斜睨着他，语气生硬地说不知道；男的打量他一番后说，从右边这条路往前走，左拐右弯看到一条匝道就到了。男的说完扮了个鬼脸，诡谲一笑；女的看后掩嘴窃笑。他清楚男的是在戏弄自己，有意给他指一个相反的方向。目送年轻的情侣走开后，他摇了摇头，一脸苦笑。

人们的冷漠让他的心更加冰凉了，一阵寒意骤起，雾气迷蒙起来。

他终于来到了桃花公园，执着寻找幸福路。

公园里青草逼眼，树木葱茏，鸟声悦耳，假山矗立，花儿鲜艳，湖水在微风中泛起层层涟漪。游人三三两两，赏花观景，悠然自得。

他站在路口边，静静地观赏着公园美景。可是，美景始终打不通他闭塞的心，驱不散他脸上的愁云。

"妈妈，到那边看看！"一声童声稚气的话飘进他的耳朵。

一个七八岁的小女孩由她妈妈牵着蹦蹦跳跳地往他这边走来。他连忙伸出木杖拦住了母女俩。

"请问，小朋友，大妹子，到幸福大道的路该怎么走？"他问。

小女孩上下打量他一番后说："大伯，我真的不懂路。妈妈，你懂路吗？帮帮盲人大伯吧！"她摇了摇母亲的手，语气恳切，一双明亮的眼睛扑闪扑闪着。

母亲抚摸着小女孩的头，冲着他笑了笑说："真不好意思，我是外地人，来这小城生活还没多久，不懂路，你问问别人吧！"

小女孩又扑闪着大眼睛，无助地望着他，由母亲拉着走了。

他继续摸索着往前走，失落犹如一块大石头，沉甸甸地压在心头。

在怅惘中，他的视野里出现了一个二十岁左右的盲人姑娘，拄着木拐，一步一步地走过来。

"请问姑娘，通往幸福大道的路该怎么走？"他跨步上前问道。

"你是，也是……"盲姑娘侧着耳朵听了听，柔声地说。

"我和你一样……"他忽然觉得负罪一样。

"好的，我带你去！"盲姑娘脆生生地说，随后在他身边停了下来，他清楚地看到盲姑娘长得很秀气。

"谢谢姑娘！"他说，"谢谢你相信我！"

"不用谢。"盲姑娘对他报以甜甜的一笑，随即右手握住木拐探路，左手紧抓住他的右手，一前一后，朝幸福大道走去。

　　他心里积压已久的冰雪融化了，不知道从哪里起了风，眼前的雾气散开了，一股暖流静静地在他的胸腔里流淌着……

上山・下山

上　山

"不要推我……我真的不行，你们年轻人上吧，我在山下等。"王师傅畏缩着，几乎是哀求。

可年轻人不依，七手八脚地扶的扶、推的推、拉的拉，硬是将他往山上拽。

"走吧，走吧。"小伙儿们边催边劝。

"老王，上吧。"姑娘们边拉边说。

他脱不开身，哭丧着脸："谢谢啦！让我上山，那是要我老命呀，上了半山腰，我会心肌梗死的。"还没上山，他就喘起粗气来。

"那我们抬着你走，边走边奏哀乐。"和他闹惯的小伙儿们嬉皮笑脸着，姑娘们也凑上来帮腔："我们沿途采野花，编织花环。"好调皮的年轻人。

"上贼船了，我真不上山了。"他嘀咕叹气。

他有十多年没爬过山了。这座山出息成为旅游景点是他始料不及的。

自从他退了二线，就很少参加年轻人的活动。爬山那是年轻人的事。自己力不从心，不必凑这热闹。

可退路给年轻人堵住了，脚下似乎只有向上攀登的路。唉，走到哪儿算哪儿吧，总不能让我拿生命当赌注，他终于应声爬山。

路上，他总觉得气喘吁吁，一边往山上爬，一边又掉头向山下望，似乎要寻机往回溜。但小伙儿们时时盯着他，姑娘们步步看着他，像押送俘虏一样紧贴着他。

他开始大口大口地喘气，接着成把成把地抹汗。途中歇下来时，他还夸张地伸腰捶腿，嘴里怨叹："哎呀，这山我是爬不上去了。我就在半山腰歇，等着你们下山！"

"爬上山后，我们就不从这里下山了。"年轻人似乎故意将他半途而废的念头捻灭，只顾拥着他向山上走。

崎岖盘旋的山路，七拐八弯，傍着峭壁，依着悬崖，向山上的深处伸去。路越来越陡，窄小得只容一个人穿过。于是大家咬咬牙，手拉手，小心而固执地前行，一忽儿昂头攀上坡顶，一忽儿又俯身探进深谷。他抬头低目之处，迷蒙的山间岚雾滚动着，朝前望去，明明是悬崖，没了路，正担心走向何方，路却蹦出来，连又爬上一盘山的脊梁。倏地，一道山梁横斜而出，挡住路面，他急来转向，抓住路边的攀藤，心却在胸膛里晃荡。

渐渐地，山上旖旎绚丽的风景进入他的眼帘：哦，久违的野径，开满鲜花；参天的大树，拥抱阳光。他不由心潮激荡：可不是吗？无限风光在险峰！

姑娘们从路边采了野花插在发间，连同灿烂的笑容叠进照相机的底片。陡然间，引来一阵阵欢畅的叫好声。

"走，走，往前走。"他忘情了，竟然挥起手，振臂高呼，一鼓作气攀登之势。

"好。"这时候，年轻人体力已开始消耗，带来的面包和矿泉水所剩无几，却受到他的感染，齐呼起来，争先恐后向山顶攀登。

拐过一个弯口，他忽而觉得眼前一片开阔。他爬到了顶峰！回头望向蜿蜒的羊肠山道，他心里惊呼："原来我真的能爬上来了？"

这时候，大伙陆续到了顶峰，他们一阵欢呼，一起雀跃，再没有人来逗闹他。小伙儿们架起了石灶，姑娘们捡来了柴火，终于点起了篝火……

他们决计野炊停顿后，就沿着另一条山道下山。

不知道谁嘀咕了一句，下山更比上山难，那条山道平日就少有人走。

但他不再畏缩，他相信自己会翻过这座山。

下　山

下山更比上山难。

我偕同妻儿在卧龙山险峰尽兴游玩，已近黄昏时分。正待寻路下山，但四处深谷百丈，长风啸啸，山岚野雾间，依稀可辨一条羊肠小路依崖延伸而下……

妻见状已胆怯心惊，儿望着却步怅叹。

我的心里也开始发怵：早晨上山时，就听说上山下山就这条唯一的小路。我们是提着心跟随先行人攀缘而上的，而他们或许早下山去了。

时间悄悄逝去，夜幕渐渐降临了。

恐惧与惊慌笼罩着妻儿。妻几乎要哭了，儿靠在他妈妈的怀里。我茫然无措，与妻儿相对无言。

这时候，山上游人稀疏。几间咸淡小店铺已打烊，仅有的一家客栈，也掌起灯火，可容留游人过夜，但我上山时带的钱所剩无几，况且在山下我已订了近四百元的套房。即使在山上过夜，次日也得沿着那小路下山去。我犹豫再三，还是敲开一家小店铺的门，侥幸打听是否还有别的下山的路。

小店铺的主人是一个清秀的姑娘。她听明我的来意，满脸困惑，待她看我妻儿疲倦无望的神色，沉吟一下，说："别害怕，我带你们绕道下山。"

"真的，下山还有别的路？"我大喜过望，几乎喊出声来。

姑娘轻盈地出门，从妻的怀中抱过孩子，我与妻子拎着行李，跟随在她的后面，从一条仄小蜿蜒的小路移步而下……

路上，姑娘谈兴颇浓，轻声柔语，娓娓道来，说起我们此行无暇游览的景观。妻又开始有了笑声，儿下地自己走，渐渐地，我们恐慌的心绪消退了。

……

终于，眼前出现一片平坦，到了山脚下。我赶忙摸衣袋，还未掏出钱，姑娘就婉谢了，说："其实，下山并没有别的路，同上山一样，下山走的也是这条小路……"

我目送着她的身影，凝想起来……

最后的狩猎

　　原想天一亮就狩猎去，没想到夜里睡得死，直到茅棚外的狼狗汪汪吠叫，他才睁开眼，一片惺忪蒙眬的。忽一亮，有一缕阳光，透过茅棚的缝隙射了进来，他赶忙爬起床，出门一瞧，日光已跃出大山。

　　他忙着洗漱，将昨夜剩下的半碗稀饭匆匆填肚，权当早饭了，然后，取下挂在棚顶上父亲传下来的猎铳，用布片抹了抹枪管，戴上大茅笠，随手捎上父亲装枪药的半截牛角，又对着狼狗"喷喷"几声，便沿着大山自由涉猎的深峪走去，那里还时有野猪或黄麂出没。

　　唉，今天是怎么啦？刚走到他平日归来时才歇息的大石，他就忽然感到气喘吁吁，背发虚汗，长瘦的脸上，脉络像蚯蚓般蠕动着，他长长地叹了声，便蹲在石上，怏怏地向山下望去……

他的家就在山下的小黎村，父亲曾是远近扬名的好猎头。父亲归寿后，他才接过猎铳，长年累季十二月，除了刮风下雨，几乎都蜗居在茅棚里以狩猎为生，有几回打到野猪或黄麂什么的，小黎村就围着烧吃，着实欢乐了几夜。但近些年来，有几回，山外管环保的一个白胖的后生找到他，说只让他到深峪去打，要不，要罚钱的。于是，猎物便再不易得手，但他仍偏性到深峪去寻猎，还硬硬地把几百元扔给了山外人，买了条狼狗……此刻，狼狗正俯在他的身边，舔着他的脚趾，他随手抚摸着它，轻轻地，这狗精壮、剽悍、皮毛光泽好，还救过他的命——那是个仲夏热天，他像只蚂蚱伏在密草中，端枪瞄准一只黄麂，忽听背后狼狗狂吠，他蓦然回头，原是一条五步蛇冲他而来……这么一想，他又热热地拍了狼狗一下，鼓力站起来，向深峪走去。

烈日当空，热气蒸人，深深的山峪，没有一丝风。狼狗引着他在密莽灌竹中巡了几个大圈，时已午后，却一无所获，他顿感饥肠辘辘，口干汗升，骨架有些疏松了，一屁股坐在一棵桷枫树下，又长长地叹了一口气："老了……"其实，他才四旬过半，只是山里风高气野，削去了他的矫俊。他虽未婚娶，却真的爱过一回，那是城里后生下乡的年月，父亲还健在，一个城里的清清秀秀的姑娘，在一个星夜草垛边委身于他……只是那娇柳般的姑娘终还是跟着一个回城的后生走了，他倒未留恋多少，接过父亲的猎铳以后，便搬到山上的茅棚住下。每当涌起对异性的欲望，他就会想起黎家英勇猎手不懈追求金鹿回头的传说，十多个年头了，他在梦里也隐隐地等待着金鹿的出现……狼狗又在舔他的脚趾了，暖暖地，他这才记起该往回走了。

他撑着枪，站起来，扭头再看一眼山沟时，不由陡然一震，两眼瞪得贼亮，一头美丽的梅花金鹿在小溪边饮水。他怀疑还在梦中，揉揉眼睛再看，拧了一下大腿，还疼，忘情地拍着狼狗的后身。不料，狼狗狂吠一声，腾跃双蹄，迅猛地向小鹿冲去。

小鹿被惊动了，扭头就跑，那疾步的姿态多像传说中仙鹿的化身……狼狗紧追不舍，他早忘却了疲惫，也疾追上去，小鹿步履跟跄了，他忽就手扮喇叭，喊："站住——站住——"金鹿、狼狗都不回头，金鹿奋力疾奔，狼狗似听见主人助威，拼力追擒……眼看金鹿体力不支了，他举起了手中的猎铳……

铳声响了，倒下的不是金鹿，而是他多年厮守的他恩人般的狼狗，血污了一大片草莽，空气里浮着血腥。他丢枪奔去，猝然抱起狼狗，狗睁着滞眼，黯黯的，浑身抽搐着，他顿时浓泪漾眶……半晌，他放下狼狗，把脑袋擂得山响："我，对不住你——"山鸣峪应，远传而去。

他伫立了许久，用手刨了个大坑，掩埋了狼狗的尸体，找到猎铳，抛进深深峪底……

他再也不狩猎了……

收旧货

腊月廿三一过，就有人招呼收旧货的詹承宜回家过年，他却不慌不忙地说："还早哩，再等等。"那口气，似乎在等待着一种意外的收获。因为年关这一阵是一年中收旧货最忙的时候，城里人都要处理掉一些旧东西，图个洁洁净净过新年。

詹承宜十分庆幸在进城后迅速确定了收旧货这个行当，虽然收旧货只能赚很少的钱，有时候还会被人骗，还要倒贴掉一些。但他相信钱会积少成多的，只要不辞劳苦，收旧货说不定也会有意外好运的到来。

然而，今年他收旧货的城南锦绣花园小区贴出告示，请业主们倍加小心，尤其不能让收旧货的轻易混进小区。本来他可以推着拖板三轮车进来，这下连他都不让进去了。业主的旧货就堆在车库里。

眼看到了年根，詹承宜就忍不住跟守门的保安急，说："我到这个小区，比你还早呢，小区里的人，都认得我，却不见得都认得你呢，你又不是没见过我，你又不是不认得我，你说不给我进去，你这样我可损失大了，我这一个年关就白等了，一年里我也就等着年关的这几天好日子。这有道理吗？"保安倔得很，说："认得你是认得你，不能进就是不能进，给你进去了，我就得出去了。你损失什么呢，反正谁家都没有卖，早晚也是你的，等过了这年，你再进去收吧。你是老主顾了，会惦记着留给你的。怎么没有道理，不让收旧货的进，就是道理。"

他们吵吵嚷嚷的时候，保安部的班长来了，班长和詹承宜是老乡，他看到老乡，像看到了救星。班长却将他拉到一边悄声说："晚上十点后，我当班，你再来。"殊不知，为了垄断这个小区的旧货资源，詹承宜每月都要给他买上一条好烟或者两箱啤酒。

城里似乎比乡下黑得早，太阳刚落下去，夜幕就一下子扑上来了。六点一过，锦绣花园小区的路灯亮了。

等到十点，詹承宜就直奔锦绣小区大门。果然是当班长的老乡值班。他招呼一声，刚要进去，班长却拦住了他，说："拖板车不能进去，否则你进去我就得出来。"又见他手里还拎着一只布袋，问那是什么，詹承宜支支吾吾，张不开口，老乡上前抢过一看，却只见几本旧日记，笑笑说："进去吧。"他急着进去，对老乡说："孝敬一条好烟给你过年。"

詹承宜进入小区，这才记起刚才忘了向老乡打听 16 号楼

D座的方位，16号楼D座就是托他寻找旧日记的人家，但又觉得踅回去问不妥。他记得，白天的小区绿树成荫，鸟语花香，假山流水潺潺，宛如世外桃源；而现在夜晚的小区似乎与白天不一样，路也多，像蜘蛛网，又没路标，像进入了一片陌生的森林，不知道该怎么走。他张望四下的树丛，发现那些树和花草一动不动，像塑料似的呆板，脑子里不由一片空白。

他不敢东张而望，生怕别人将盯贼的目光丢向他。过了约莫一刻，他才决定到地下车库去，业主的旧货都堆在车库里。

他记起了那个托他寻旧日记的人家的车库是285号。他又累又饿，蹲倚在墙根边刚一迷糊就睡着了。夜里很冷，他睡得并不踏实，醒了几次，还咳嗽了几阵，又摸出香烟御寒，回去已不可能，不被人发现当作贼就是万幸了，他等候次日能否收到堆放在车库里的旧货。

第二天，詹承宜是被汽车喇叭声惊醒的。他慌忙起身，见到了车库的男主人，他巴结地一笑，举起那个布袋，说："你看看，这里边的是否你家保姆丢失的旧日记。"那男人接过一瞧，大喜过望，很感动，说："太好了，太好了。"

男人告诉他，这些日记，是他的爷爷二十岁至四十岁间写的日记，四十岁以后，爷爷就再没写日记，为了了却心愿，晚辈打算凑钱出版这些日记。遗憾的是，缺了其中几年的内容，1936年至1939年的日记，被爷爷当年的老保姆当废品卖了。晚辈曾经费了很大的周折，但始终没有找到，现在这几年的日记，竟被找到了。男人将一只信封递给他，说："你先拿着，这是两千元。"他愣着不敢接，本来他只巴望拿到两百元，见人家掏出那么多钱，心痒了，说："我不能拿这么多钱，给我三百就好，我还要租车回家过年。"

男人表示关怀说："昨晚你怎么躲在这里的？保安没为难你？"

他嗫嚅着说："我是进来收旧货的，不让车进……保安同意我进来收旧货，我可对天发誓，只要有'偷'的心思，我就永远不再收旧货了。"

男人若有所思，好像明白了什么，说："我听得出你是诚实的，我也是乡下孩子。"说时从车上取下一条"芙蓉王"香烟，递给他，"这……给你拿去抽吧。"

他迟疑了一下，拘谨地把手伸过去，说："我，我不是贪这条烟，我答应给守门保安买一条好烟，那我就用不着买了。"

男人探询他，说："你的亲戚朋友有想干小区保安的吗？"

他说："有没有又怎样？我儿子在部队入了党，当兵转业还不照样在老家种地。"

男人说："过了年就叫你儿子来吧，就到小区的门卫那里上班。"他有些不敢相信自己的耳朵，想问个明白，可男人向他挥挥手，已开车远去了。

出门时，他拿出那条"芙蓉王"香烟，那个老乡正在收拾行李。他问怎么啦。老乡哭丧着脸说："我就说过你进去我就得出来，老总不让我干了。　"

稻　香

　　李群忙完应酬，从亿丰商厦出来时已是晚上八点。他驱车走在繁华的街道上，心里并不平静。刚才酒桌上同行的话还响在耳边：这些年，市县里只要有人进了省城站稳脚跟，你就无法摆脱市县来人的烦扰或者纠缠。你帮他把事办了，孝敬菩萨的话也会说；可要是办砸了事，当面甩脸就走人。

　　他正步入中年，已是省城商业总公司的副总经理，就拿这次人力资源部门招聘来说，应聘者各显神通，各个渠道的招呼铺天盖地，应接不暇。而二十多年前，他只身来到这座城市，却是举目无亲……

　　那年，家乡遭荒，娘给他一个地址，让他进城来找一个叫贾良的人，说他在家乡当过知青，会帮忙的。走的前夜，他和青梅竹马的稻香道别，他动情地说："等我在城里站稳脚，就回来接你。"稻香却婉拒了:"你进城去了,就好好为前程奔,别惦记我了。"说罢转身就走。他没有去追她,却暗暗下了决心,在城里有出息了一定好好待她,就像他曾发誓不会忘记秋天田野的稻香。

次日,他挤上客车一路颠簸到了省城,好不容易转折打听到一家门牌下。他敲开门,门里挤出一张中年男人的长脸,警惕地盯着他:"你找谁?"他说:"我来找贾良,他在我们家乡当过知青……"那张长脸皱了皱眉说:"贾良不住这里了,他早搬走了。"他急忙问:"那他搬到哪里去了?"长脸回答说:"城里这么大,找一个人就像大海捞针,哪里去找他,你还是回家去吧。"说罢关上了门。他提着行囊像一只无头苍蝇走在宽阔繁华的街上,看着四周林立的高楼大厦,却找不到自己的立足之地。出来时,他只带了单程的路费,只得找了家小旅馆先住下再做打算。

第二天他去找工,准备先挣回家的盘缠。他走过几条街道,问了好多家店铺,找工都没着落。饥肠辘辘,看着店铺里刚出笼的包子,他记起了家乡田野的稻香。忽然,他发现一个七八岁的小女孩在街边哭着,看样子显然是迷了路,一副又饿又怕的样子。许多人停下来看她,却又都走开了。他想起小时候有一次稻香上山打柴迷路的情景,就上前去,用他身上仅有的钱买了一个烧饼给她。女孩不哭了,跟着他又拐过一个街口,却说不清家到底在哪里。他正焦急,女孩的父亲突然从天而降，问清缘由，对他谢天谢地。他已身无分文，正犹豫索要回家路费，没想到女孩父亲问："你是进城找工的吧？要不到我们公司来干吧。"他喜出望外，差点流泪跪了下去。

在公司，他的勤勉和上进，很快在对外营销方面独当一面。在一次壮大兼并一家公司时，他在一张人员花名册上看到了贾良的名字。起初他还想天下之大，同名同姓的人多了，等到真正见到贾良，居然正是当初自己刚进城时敲门后见到的那个长脸的中年男人。贾良见到他时，脸上也"唰"地红透了，不敢正视他。哦，当初他为何不愿意相认？是怕会给他带来麻烦？还是像稻香说的那样，城里的人情比纸薄？而偏偏在这以后，他就是贾良的上司，虽然同在一家商厦里上班，在各种场合常常逢面，却形同陌路。有好几次，他感觉到贾良似乎要跟自己和解打破僵局，但一想起当初的境遇，就懒得理睬他……

如今二十年过去，李群当上了公司的副总经理，有了一个温馨而安逸的家庭，妻子勤勉贤惠，女儿争气上了大学。尽管这些年在城里打拼滚爬，疲于奔波，但每当驱车回到居住小区，看到楼上亮着柔和灯光的窗户，还有妻子倚窗期待的身影，他就感到无限幸福和温暖。

………

他开车缓缓滑进车库，刚走出来，有个女孩就上前拦住他。他认为是为这次公司招考找他的，故作惊讶地问："你找谁？"

女孩说："我来找李群叔，是我娘叫我来的，我娘叫稻香。"他凝眼一怔，仿佛看到稻香轻盈的身影。刚进城两年时，他回家乡，还带了城里的礼品去见稻香，她却已经嫁人了，山里的风霜削走了她的俊俏，她衷心祝贺他在城里站稳了脚跟。再后来，母亲过世，他就很少回家乡了。这些年因为业务忙于应酬，一次次盛宴的记忆荡然无味，也早忘却秋天田野的稻香。莫非现在家乡又遭了灾，稻香才想起了他，让女儿来投靠他？眼下已不是二十年前了，农民工涌进城来，就业竞争激烈。况且找工作也不是一天两天的事，她要住多长时间？家里的房间也不宽敞。他不动声色地对女孩说："李群已经不住这里了，他早搬走了。"女孩急问："那他搬到哪里去了？"他说："在城里，找一个人就像大海捞针，你找不到他的，还是回家去吧。"刚一说完，他就觉得这句话似曾耳闻，现在竟从自己的口中说出。

女孩向他道谢准备离去。他忽然想起这与多年前自己来找贾良时的遭遇何其相似。贾良鄙视他的那副嘴脸在心里生了根。贾良早已退休了，他却始终都不原谅他。而现在他怎么也成了这样！他心里一抖，记起稻香当年的温情，对女孩说："我刚才没认出来，我就是你李群叔。先进家里住下吧，进城找工也不是一时半刻的事。"

女孩听了，对他嫣然一笑，说："李群叔，你误会了，我不是来找工的，我去年大学毕业，在一家公司上班。这次家乡要修大桥，我回去一趟，我娘让我给你带土特产来了。"

他听着很羞愧，一脸窘态。待女孩走后，他忽然记起前不久接到家乡的一张庆典请柬，他原打算找个借口搪塞过去，但此刻他决定，不管多忙也要回一趟乡下去。

孕妇惹的祸

张金富开着出租车拐进小城车站时已是黄昏时分，眼下已近年关，天气骤然变冷起来。

他从乡下小县城到这个地级市开了三年出租车。当然的士不是他的，是他租来的。每天鬼使神差般他都要开车到小城车站来。虽然大多时候在车站要排长龙才轮到他拉客，但一看到出站口源源不断涌出从乡下进城的人流，他就会安慰自己，不会白等的，说不定还会拉上个老乡，顺道唠唠乡间的讯息。

他没有想到的是，轮到他的出租车滑进接客口，首先走过来的是一个孕妇，她双手交叉抱着隆起的肚子，身后有两个衣着显得单薄的客人跺着脚，却不会跟她抢车。

张金富刚停稳车，就下车帮孕妇将简单的行李塞进后备厢。孕妇不冷不热，轻舒了一口气，坐进车去。

出了车站，孕妇说了一个陌生的地址。张金富借助对讲机才找到方向与位置。拐上城区的路了，孕妇一直没有吭声，他从倒车镜里偷偷打量了一下孕妇，她还年轻，也很秀气，很像从乡下进城打工的，看上去对城区的路也不熟悉。倏地，他发现孕妇对他一笑，他问道："快到月子了吧，恭喜你。"本来他想多说几句别的什么，见孕妇不显露应有的情绪，自嘲笑笑，不再说话。

出租车终于进入龙城区和平路，在孕妇指定的路口停下，张金富又忙着下车去，为孕妇打开车门。孕妇却面露难色，磨蹭片刻才下车来，悄声说："我没有钱，先去姐姐那里拿钱再来付。"还说行李过一会儿再拿。

他理解地笑笑："好吧，我等你。"孕妇离开后他点了一支烟，吞烟吐雾御寒。五六分钟后，孕妇回来了，哭着说："噢，不巧啦！我该怎么办哪？姐姐家里没人，她肯定出远门了。熟悉的邻居们也都不在……我怎么付你钱啊，我大半夜该到哪里去啊？噢，天啊！……我在这举目无亲……"

张金富愕然了。他一点儿都不在乎车费，但他不能看着这个笨重而可怜的孕妇这么绝望无助，夜宿街头。

"妹子，我不会丢下你不管的。我也是乡下人，知道进城谋生不易。如不嫌弃，今夜可到我家休息，明天等你的姐姐回来。你可别想歪了，我丝毫没有伤害你的意思，我家里你嫂子会很欢迎有客人来，她也怀着孩子……我们房间不大，不过总还能接纳你的……"

"不，大哥，您真好。我没想要打扰您，"孕妇扶着凸起的腹部说，"而且您妻子会误会的……"

"这不会的，你嫂子善良、人好，虽然我们在城里打工辛苦些，但也能养家糊口，她很知足，你会发现她会对你好的。"

他坚持了又坚持，孕妇终于答应了。

张金富显然为自己善良的行为感到骄傲，出租车里他对陌生的孕妇嘘寒问暖，其乐融融。

到了张金富的家，一切都像预想的那样融洽。妻子热情地把房间让出来给孕妇，表现得温柔而体贴，还尽情地给孕妇提了很多生育前必要的建议。她们促膝聊到很晚，张金富并不知道她们是什么时候睡的。

第二天，张金富起得晚了些。做好早餐的妻子告诉他，那个孕妇已经起床了。她休息了一夜，神色好多了，一点儿也不显得陌生，就像在自己家里一样。用过早餐，张金富送孕妇回房间时，说："你收拾一下，我载你去找你的姐姐。"孕妇似乎没有听懂他说的话，他就又重复了一遍："今天，我可以把你送到你姐姐那里，别让她为你担心了。"

"到我姐姐那里？哪个姐姐？你很清楚，我没有姐姐……你忘了我这是在自己家里，我肚子里的孩子是你的！"孕妇说话时显得慢条斯理起来。

孕妇意外的变故让张金富猝不及防，他几乎惊喊出了声，叫着妻子："我们太善良了！我一直这么说。我们善良过头了！
这简直不可思议！这个女人太荒谬了，她让我们有的受了！她
硬说这是她的家，说我是她孩子的父亲……她简直是疯了……
不管怎样，我是不会跟她争辩的。我会把事情处理好的。我
去找警察。"

孕妇突然大笑起来，像对贴身保姆一样对张金富的妻
子说："你过来，我告诉你一些秘密。你的丈夫，温顺又朴
实，表面看起来很节俭，可这个男人却是引诱女人的高手！看
看这个玉镯，这是三个月前他给我的见面礼；还有这条珊瑚项
链，是他强暴我的那天送给我的……连我们的项链也一模一
样……"

"闭嘴。我跟你没什么好说的。"张金富忍无可忍，吼了一声。

事态陡然变得严重，城区法院受理了这一起案件。

判案的法官终于作出决定，在具体审查这个案子之前，为
每个申诉人建立一个医疗档案。所有涉案人的尿样、血液，还
有张金富的精子都被做了分析检查。原本这些东西只不过是断
案必需的流程例行公事而已，然而，一个重大发现使得整个案
件发生了翻天覆地的变化。医生们经过会诊后，充分断定：张
金富不可能是孕妇肚子里孩子的父亲。因为他患有先天不育症。

这种戏剧性的打击把张金富彻底击垮了。他开始酗酒，一
连三晚睡觉都在出租车里。妻子声泪俱下地向他坦白了肚子里

孩子的来历：她是被强奸怀上的。

她坦露心迹，解释她从未对他不忠，她是在张金富拉客晚归的那个风雨交加的台风夜外出等候他时被玷污的，但她真的并不知道那个孩子是别人的。她哀求张金富："千万别声张，别让我打掉孩子。在乡下，一个男人不育，是断然抬不起头的！"

哦，白丝巾

城里人吃过晚饭，都到街上来跳舞。这是进城打工的牛娃始料不及的。累乏了一天，还跳那干什么呢？舞场上，男人搂着女人，转动着，就像开锅的饺子，一个个起伏不定。可就在他转身要走的时候，一道艳丽的桃红，突然将他的目光抓了一下。一个女人穿了条桃红色的裙子，翻飞着，左右旋转，像山里开春的桃花。

举目看去，桃红裙子有时它慢悠悠的，只是前后一点一点挪动，裙摆不动声色；有时它情绪活跃，碎花似的绽开了，流水一般向前滑动，柔软地倾泻；有时它如一阵狂风吹来，就跟桃花似的飞旋而过，风吹得花瓣满天。天渐晚，桃红裙子在暗淡的背景下十分醒目，带着一道道数不清的皱褶，波涛似的摆动起来。女人的腿时隐时现，裙子摆弄着熟悉的姿势，从他的脚边扫荡而过。

好一阵，舞曲才停下来，那裙子也停下了。

牛娃看不清女人的脸，但他看到女人用一条洁白的丝巾——原是系在脖子上的，在手上摇来摇去，像是热了，朝脸上扇着风。

乐曲很快又响了起来，一个站在她跟前的男人朝她两手一摊，女人就以很快的动作转身与他搂在了一起。白丝巾悠悠晃晃地飘在了地上。

白丝巾飘落的姿态有点儿像鸽子花，这城市没有那种花，只有山里边才有。这团粉白躺在了尘埃里，离牛娃不远，一双双脚从它旁边踩过，眨眼间，已经有半个脚印染黑了它。牛娃快步走过去，将白丝巾抓了起来。

他踟蹰着，想上前将白丝巾还给那女人，可她身旁有一群人，他们有说有笑，沉浸在舞蹈的兴奋中，意犹未尽。他没有鼓足当众递过去的勇气——人家会怎么看他呢？

舞散场时，他又把那白丝巾揣回了工棚。打牌的还没散，烟雾弥漫。牛娃摸了衣袋没烟了，又回到街口，四周空空荡荡的。常去的那家小超市关了门，他就朝一家小卖部走去。

一个女人正坐在窗前。她低着头，浓密的黄头发在脑后用一把花发卡夹着，竖起一簇鸡尾似的发梢，手里不知在忙活什么。她身后的货架上红红绿绿的，琳琅满目。他走到跟前，说："买盒烟。"

女人浑身一哆嗦，显然吃了一惊。她朝牛娃看了一眼，两手飞快地捂了一下。牛娃有些莫名其妙，女人的手在桌子底下，他其实什么也没看见。他正要再说买盒烟，那女人站起来，"唰"地就把窗门关上了。她的生意就是从窗户进出的，那扇小玻璃门上贴着红字：烟酒饮料，便民廉价，但却"咔嚓"一声将他拒之门外了。牛娃隔着玻璃，提提气，喊了一声："买烟！"

那女人皱起了眉头，但看也不看他，背过身去朝货架走了两步，她穿的是一套宽松的碎花睡裙，将手里的东西——一沓红绿纸币的角冒了出来，原来她刚才是在数钱——塞进一个小盒，然后将一把黄锁套了上去，她似乎一点儿也没理会窗外有个人候着，但眼角的余光却分明扫在了牛娃脸上，因此她突然侧过身子，以极快的动作摆着手，连连摆着，意思是说：走人走人，不卖了不卖了。牛娃的脸再一次热了，他非常恼火地高叫了一声："买烟！"

女人吃惊地转过脸，比刚才更为受惊。她张大了嘴，红润的嘴皮，长得有棱有角，眼里闪过一丝惊恐。她朝窗口伸过手来，却并不是打开，而是将窗帘"哗"地拉上了。

牛娃一下子呆住了。眼前的窗帘一片桃红，像极了他刚才在舞场上凝视的红裙子，甚至那些褶皱，都是熟悉的纹理。怎么会呢？

他举手在玻璃上连敲了几次，但里面没有反应。有一阵，女人像是在说话，嘀咕着，隔着玻璃什么也听不清。又过了一会儿，街口那边突然出现了一辆警车，蓝灯警示地闪着，他生怕起麻烦就离开了。

牛娃从街口往工棚走去，心里像卸掉了什么，轻飘飘的。他留下了那条白丝巾。夜已深了，华丽的车灯仍然一辆接一辆地滑行着向前而去，它们像连接在一起的一条长河。

女人第二天门开得很早，她这一夜没怎么睡好，老是提心吊胆的，伸着耳朵听窗外的动静，怕有人砸了窗户，玻璃门——一块石头就砸碎了，要是跳进个人来，她只有束手就擒，生死由命了。

门一开，阳光就欢快地蹦了进来。女人一眼就看见门槛旁放了一块白丝巾，上面压着一个沉甸甸的烟盒，烟盒里装满了沙土，是怕被风吹走了。女人觉得眼熟，感觉这块白丝巾应该是自己的。她觉得好奇怪，是谁放这儿的？这人又从哪儿捡来的呢？女人又系上了那块白丝巾，呆坐在窗下，眼前一片桃红。

酸　豆

　　小丫没有想到自己的作文《酸豆》会被丁老师评为优秀，还让她晚自修时间去谈体会。小丫徘徊在去丁老师家的路上，思量着，见了丁老师该怎样说呢？

　　小丫是春天开学的时候跟随父亲进城打工转学来的，插班在城南小学四年级读书。班主任就是姓丁的语文老师。

　　丁老师温柔活跃，经常结合课程安排一些课外活动，形式内容多样，很讨同学们的喜欢，每次上课总是穿戴得体，眉目清秀可人，小丫心里好喜欢也好羡慕。

　　一次课外活动做游戏，小丫忍不住也仿着丁老师眉样描了眉目，没想到丁老师竟冲着她说："好的不学，尽学坏的。"小丫心里好困惑也好委屈，坏的你都画，还怪人家学。因此，小丫心里就认定，自己并不得丁老师好感。

上个星期天，丁老师组织一次郊游活动，小丫本来打算去参加，但父亲打工的那家砖窑厂赶工，父亲嘱咐她去帮工，她就不好推辞，要推辞，父亲会认为她偷懒找借口。再说参加郊游活动属自愿参加，要参加就得让父亲拿钱。

事后，听参加郊游的同学说，丁老师领着同学们去参观了一家农场果园，农场老板种植了好大规模的酸豆林，眼下正是酸豆成熟收获的季节。农场主很爽快，参加郊游的同学都吃上了酸豆。

小丫没吃上酸豆并不后悔，她遗憾的是丁老师在组织郊游后布置了一道题为"酸豆"的作文。

放学回家的路上要经过一个嘈杂的市场，小丫每天总是匆匆走过，心里想着的总是回家去帮父亲干些家务活。纵然街边的小摊总是使劲地喊着"酸豆，酸豆，新鲜上好的酸豆"，但她知道父亲打工手头紧，买不起酸豆，就连看也懒得一看。可自从丁老师布置了作文，她从街上过，总不由往小摊贩望去，哟，那酸豆多诱人呀，听说那要二十多元一斤，一斤也就十颗八颗，一颗也要好几元。

临近交作文的日子，小丫终于缠着父亲嚷："我……想吃酸豆，同学们……都吃过。"父亲却嚷道："才出来多少日子，就像城里的孩子……嘴馋！"父亲没再理会她的要求，却叹了一口气。

小丫好后悔，她原本就不指望父亲会应允，乡下的母亲还缠病卧床呢。但作文还是要写，还是要依时完成，按时交。丁老师布置作文时，就罗列了写作提纲，要求写出对酸豆的感受，着重写品尝酸豆时的联想。一连数日，小丫为着写作文心情兴奋不起来，渐渐地，她心底里对丁老师有了一种生分的感觉。

直到交作文的前夜，父亲已睡下了，小丫在灯下凭着灵感发挥想象，时过子夜才写完了作文。交作文后的几天间，她觉得丁老师和同学们都以异样的目光盯着她，她像丢了魂，做了什么亏心事似的。

今天早上，又是作文课。丁老师开始讲解作文时，小丫低着头，不敢看黑板，没想到，她简直就不相信，丁老师宣布优秀作文名单，她——李小丫竟名列前茅，刹那间，她还认为丁老师在挖苦她。丁老师还说，她写的《酸豆》角度别致，结构严谨，联想丰富，是难得的一篇优秀作文，还将推荐参加省内小学生作文大赛，让她晚自修时间去谈心得体会。按惯例，参加作文大赛要附有写作体会。

面对丁老师，她该怎样说呢？小丫来不及考虑周详就走进了丁老师的家里。

丁老师见到她，热情地招呼她进屋。小丫刚坐下就看到丁老师客厅茶几上的果盘里还盛着几颗诱人的酸豆，她心里不由一阵茫然。

丁老师似乎很好奇："小丫，你怎么会品尝出酸豆别具的风味，写得那样别致？"

小丫低下头，悄声说："老师，我……我没吃过酸豆。"好像是说给自己听的。

　　丁老师一怔，稍一疑虑，从果盘里拿起一颗酸豆递给她。小丫迟疑地接过，抬头盯着老师，丁老师期待地示意她品尝。小丫迅速地削皮，将豆果送进嘴里，抿了抿，眼眸里浮起亮光，忽地，"哇——"地失声哭了。

　　酸豆一点儿都不酸。

殊途同归

浴着街灯下温水似的黄色光线，她们慢悠悠地踩着自行车，秀秀的白凉鞋动起来显得特别优雅。盈盈的眼睛不自觉地总盯着它们旋动的弧线，边走边唠。她们不是来自同一省份进城打工的，而是在一次厂区活动中认识，后来就逐渐成了好姐妹。

这是个周末，她们相约蹬车来这座城市最大的广场闲逛，走到这时该往回程奔了。广场是个宽阔的正方形广场，两边各有一条路通向她们打工的厂区，距离都差不多。一条靠着弯曲的人工河，另一条从一大片居民楼中穿过。她们今天蹬车是从广场中间那条路骑过来的。

"今天换个道，好不？"秀秀说。

盈盈不愿意。她们站下，商量了一会儿，决定各走各的路，一小时后在厂区办公楼前见面，看谁走得舒坦爽快。

"当然是我。"

"别吹牛，走着瞧好了。"

　　盈盈推着车不动，看着秀秀蹬着车隐入两栋大楼的夹道。然后她沿着河边蹬车。河边的晚风吹在身上爽快极了，裙裾轻摆，与飘扬的柳丝、弯弯的小草以同样的节拍摇动，摇出梦一般的静谧……

　　岸坡的草丛里，几个逮蛐蛐的孩子互相小声埋怨着，一个个小心翼翼地在草地上爬，一阵小小的骚动之后，蛐蛐不见了，一个孩子差点滚到河里去，孩子们躺在岸边哈哈大笑……盈盈也笑了，抿着嘴想：秀秀可看不到这个。

　　夜空有了星星，却不怎么亮的，若有若无的。天一会儿显得很高、很远，一会儿又变得挺低、挺近。深不可测的夜空里，藏着多少迷人的遐想啊。

　　和盈盈一分手，秀秀故意连头也不回，一股劲儿蹬车转过一栋灰楼的墙角。可刚走几步，她立刻就承认：这儿的确不如河边那么富有诗意。

　　路是新铺成的，路面撒了一层细沙，车轮上去沙沙地响。道边横一块竖一条地放着许多石条子，是预备修路的。路的两边都是六层高的居民楼，楼前没有一棵树，只有人。穿着背心和大裤头的男子，用宽宽大大的灰裙子遮着大肚子的胖女人，跑来跑去、大呼小叫的小孩子。

每一盏路灯下都是一个喧闹的小世界。世界中心是挤压成一圈的人和砰砰作响的大棋子。羽毛球在灯光里穿梭。西瓜摊上生意兴隆。冰棍纸在地上随风划出咝咝的响动。

她小心翼翼地蹬着车，想着盈盈不知此刻该是何样境况……

走过沿河的路，拐入街角处，盈盈停下车来才发现人们在跳舞。

舞场上，男人搂着女人，转动着，就像开锅的饺子，一个个起伏不定。可就在她转身要上车的时候，一道艳丽的桃红，突然将她的目光抓了一下。

一个女人穿了条桃红的裙子，围着一条白丝巾翻飞着，左右旋转，像山里开春的桃花。有时它情绪活跃，碎花似的绽开了，流水一般向前滑动，柔软地倾泻；有时它如一阵狂风吹来，就跟桃花似的飞旋而过，风吹得花瓣满天。

忽而女人转身弧度大了些，白丝巾悠悠晃晃地飘在了地上，离她脚下不远。一双双脚从它旁边踩过，眨眼间，已经有半个脚印染黑了它。她快步走过去，将白丝巾抓了起来。可她没有鼓足当众递过去的勇气——人家会怎么看她呢？

犹疑间，那个跳舞的女人来到她跟前，鄙夷她："你想拿走它，若我动作慢，你就走了？"

"不，我正想送还……"她没说完，女人已抢过白丝巾，展平一瞧，嚷道："咦，你怎么踩了它……真不像话，你……"

她有苦难辩，忽然觉得女人的白丝巾一辈子都洗不干净了，她只好红着脸蹬车逃跑。

为抄近路，秀秀蹬着自行车转向居民区后的那条古老而幽深的小巷。

不巧，深深的小巷一片漆黑。她的心里不由掠过一阵怯悸。犹豫再三．她还是依稀辨着路面，提着心慢慢蹬车驰入小巷。

进入小巷大半，忽然迎面打来一道手电筒明亮的光柱，随即甩过一个男人急躁的喝声："站住！站住！"

她的心咯噔一下：碰上坏人了！她说："你想干什么？放我走，我把车……都给你……"

"别瞎想，我在这里等着，是要你的车的吗？"黑暗里传来沙哑声。

"求求你，放我走，我把打工的钱也给你，行了吧？"她哀求着。

"放你走，可不行，我可不要你的钱。"声音在靠过来。

她焦急如焚，看逃走无望，便猛蹬着车向来人猛冲过去。来人躲闪得快，趁势推倒自行车，只听"哎呀"一声，人倒车翻，她急忙想站起来，腰身却被死死抱住。她奋力挣扎，只听来人声嘶力竭地吼："你再走就没命了……前面电线杆倒了，电……电死了一个人……"

她倏地停住了，来人松开了手，用手电筒照着前方不远处倒在地上的一具狗的尸体……

看着走近的秀秀，盈盈笑着迎上去。

她俩终于在厂区办公楼前重逢了，脸上都漾着笑容。

"河边美得没办法，我都没玩够，还想再走一趟呢。"盈盈说，"秀秀，你一个人走过居民区不害怕？"

"哦，不。有什么可害怕的！噢，对了，有条小巷有点儿黑，是够吓人的。可我遇到了一个……好心人，他一直把我护送出巷口。"

"哦，你运气真好。"盈盈发觉自己有点儿不舒服了。

"你呢？"秀秀赶紧问。

"我？也挺好的。居民区可有人情味了。"盈盈低着头，像是喃喃自语，动情地说着，"走到一个露天舞场，有一个女的真漂亮，像从画上走下来，她跳舞时系的白丝巾掉了，刚好飘到我脚下，我刚捡起来，她先对我说，'谢谢你……'"盈盈极力渲染自己营造的气氛。

"瞧你！感动得热泪盈眶了。"秀秀取笑她。

她们都笑得挺幸福。

飘逝的紫围巾

　　本来商贸局局长韩风出差回来可直接回家的，可他忘了带钥匙，妻子朱珊要等到五点半才能下班。他决定先到县委大院里自己单位去一会儿，顺便处理一下出差期间的信件和报刊，然后等朱珊下班后与她一起回家。

　　县委大院里各单位的清洁工由机关事务局统一管理，派往他单位的清洁工是一个三十多岁的瘦弱女人。大家称她小卢。平时她打扮非常朴素，或者说有点儿土气。他进入单位大楼时，正碰上小卢在清扫楼梯。她说："谢谢局长你那天送我报刊。"韩风这才记起了出差前清理过期的报刊，正碰上她在打扫走廊，随手把一堆没用的报纸和杂志给了她。他说："一堆旧报刊，我还得感谢你帮我清理了。"他走进办公室，桌子上果然堆满了信件和报刊。他坐下前，给朱珊打了一个电话，说他已回到单位。

韩风读完信件正要翻看杂志时，朱珊已来到办公室门口。他说："等我把这些杂志扫一眼就走。"顺手把刚刚收到的一本时装杂志递给了她。朱珊一接过就惊叹一声："呀，好漂亮的围巾啊。"朱珊说到围巾，韩风就想起给她买的礼物，立刻起身从旅行袋中取出一条紫色的围巾。

紫围巾并未牵动朱珊的情绪，这让韩风有些失望。事实上，朱珊已经有好多年没有因韩风的礼物而激动了。朱珊只是冷冷地看了一眼，就顺手放到沙发的扶手上，接着继续看那本时装杂志。片刻，有人打朱珊的电话，是约她去打麻将的。她兴奋地将家里的钥匙甩给韩风就飘然走了。韩风准备回家时看到围巾仍在沙发扶手上，就想朱珊一定是不喜欢，要不，她走时会戴上的。他走过去捡起围巾，放进了公文柜里。

次日，韩风来到办公室，发现茶几上放着三个苹果，苹果又大又红，以为是秘书放的。可秘书说："这是小卢送来的，她说你送过她旧报刊。"韩风说："难怪她昨天在楼梯上说要谢我。"

韩风走出单位大楼时又看见了小卢。她正在忙着清扫单位门口的落叶。寒风还在拼命地刮着，飕飕的冷风像长了腿一样直往她脖子里钻。她显然感到了寒冷，使劲地往衣服里缩脖子。他看见她的脖子越缩越短。后来，她只好把衣领竖起来，想让衣领挡住寒风。但衣领毕竟太软弱了，寒风一下子就把它吹倒下去。

有一条围巾就好了。韩风猛然想起那条妻子不喜欢的紫围巾。他转身回办公室。当他再次走到小卢身边，发现她已经冷得浑身发抖了。"小卢！"他轻轻地叫了一声。小卢从落叶中抬起头来，嘴唇都变乌了。他没有马上把围巾给她，他先说到苹果。小卢低下头说："只能算是一点儿心意。"韩风这时把眼睛移到了她的脖子上，说："这么冷的天，为什么不披一条围巾呢？"小卢身体颤了一下，说："乡下很少披围巾的。"话音未落，韩风把围巾递到她面前，说："我这围巾，给你吧。"她顿时一惊，立刻抬起头看他，却不敢接。韩风说："今天的风很大，快围上吧。"他说时已把围巾塞进了小卢的手中。

朱珊一直都没提到那条紫围巾，她似乎将它忘得很干净。韩风想，可能还是她围巾太多的缘故吧。她在家里有一个围巾专柜，各种各样的围巾挂了十几个衣架，几乎每天都要换一条。

一天下午，韩风刚走下单位门口的台阶，一条紫围巾突然映入他的眼帘。"韩局长，总算等到你了。"说话的是小卢，她脖子上的紫围巾在这寒天里分外醒目。韩风一愣，问："你等我？"她点点头说："等你有好一会儿了。"韩风看见小卢手里拎着一只塑料袋，忙问："你等我有事？"她脸一热，说："我从老家给你找来了几斤野蜂蜜。"

韩风摆摆手说："你留着吧。一条围巾，不值得你说谢的。"小卢想了想说："你要是不要这几斤野蜂蜜，那我就把围巾还给你。"说时，她手已伸到脖子上要解围巾。韩风赶忙说："我收下你的蜂蜜还不行吗？"小卢沉默了一下说："只是一条围巾，可它暖心，这一年冬天我都不会觉得冷。"

那天单位召开大会，韩风看见小卢出现在窗口，她仍然披着那条紫围巾，格外醒目。忽然，会议室的大门被人敲响了。敲门声很重，同事们都愣住了，可韩风没想到，朱珊来了。

韩风迅速走出门去，朱珊就冲了上来。韩风问："什么事这么急？"朱珊迫不及待地问："你上次买的那围巾呢？"韩风想朱珊可能见到甚至怀疑小卢披的围巾。他反问朱珊："我已交给你了，你怎么来问我呢？"朱珊说："落在你办公室了，你收起来，或许已送人了。"韩风保持沉默，对朱珊说："别闹，这事回家说吧。"他说完就转身进了会议室。

当晚，韩风回到家，朱珊并没有提及围巾的事，对他显得很客气，甚至生出几分柔情。

次日，韩风没有见到小卢，而是另一位清洁工来单位清扫。快下班时，秘书来对他说："事务局打来电话说，小卢辞职走了。据说她是跟一个男的好上了呢，她那条紫围巾就是那男的送的。"

韩风一听差点栽在地上。

生日礼物

夜里九点，正值万家灯火时分，缤纷的夜色煽动霓虹灯变幻千般风情，但城西和信住宅小院已归于无声的静寂。因为居住的大多是进城农民租户，劳作一天的躯体已进入歇息状态。唯有小院东侧五楼窗户透射出柔和的灯光。

这是这个小院老板——兴农贸易公司老总李康福的家。李康福读过专科没有找到工作，属于农村进城谋生较早的那拨人之一，他收过旧货、送过快递、应聘过公司部门经理，慢慢摸爬滚打，之后终于有了自己的公司，也终于有了不薄的积蓄，娶了城里人家的女儿为妻。近年来公司业务不断拓展，他从家乡招聘了十多个壮年劳力，他们靠着辛劳进城打拼，也租住在这小院里。

这时候，李康福的家里，他的妻子林媚正在沙发上坐着，她神情专注地问："老公，我生日快到了，你送给我什么礼物啊？"

李康福瞥了她一眼，随便地说："你要什么啊？"

林媚来了兴致，说："你答应过我的，要给我买车的，你不会忘了吧？"

李康福看了看她，脸有难色，说："这个月销量有些滑坡，有些货款也未能及时回笼，再说家里已有一辆车，多了也没用，能不能换一个礼物？"

林媚想起上回她兄长来借车而丈夫以业务用车忙搪塞过去，有些不痛快，就提高了嗓门儿说："不行，你答应过我的，不能出尔反尔，说一套做一套，说不定在外面背着我干见不得人的事！"

听林媚这么一搅和，李康福也有些生气了，就说："有事说事，别借事言其他，闹心！答应过的事情，哪有都能办到的啊！去年年底你不还答应我要个孩子呢？"

林媚站了起来，气不打一处来，用手指着李康福说："你这个没良心的，答应我不算数。光想让我为你生孩子，辛苦的是我，怎就不为我想想？我告诉你，现在我不想要孩子，只想要车，你看着办吧。"

林媚把事一闹升级，李康福的火也上来了，大声地说："你还有完没完，烦不烦人？我也告诉你，想这阵子买车，门都没有。"

听到这话，林媚倔劲上来，摔门出去。

小院里一片漆黑，林媚稍停片刻，只有院门外那片仍在营业的小商店的灯光牵引着她。她向小商店走去，路上却碰见小院跑长途的关叔的儿子小强。她当然认识小强，每次关叔跑长途就牵着小强来串门，她听李康福说过，关叔跑长途做销售对公司贡献最大。她看小强情绪低落就问："小强，你怎么了？"小强认出林媚，低着头说："林阿姨，我们老师要教画画，让我们买画笔画纸，我爸爸嫌浪费钱，不给我买。"

林媚拉着小强的手说："走，我们去商店，你爸不给你买，阿姨给你买。"

小强显出惊喜，随即又摇了摇头："我爸爸不让我拿别人的东西。"

林媚摸着小强的头说："林阿姨不是外人，你爸也说过，在乡下都是乡里乡亲，阿姨先给买下，别误了学习。这样吧，花多少钱，我见到你妈让她给我，你看这样好不好？"小强听完笑了。

林媚给小强买了画笔和画纸。从商店里出来，小强从林媚的脸上发现了什么，就问："林阿姨，你今天怎么也不太高兴啊？"林媚迟疑了片刻，不知道该不该说，叹了一口气："阿姨快过生日了，让你李叔给我买辆车，原先都答应了的，这回他反悔了，说话不算数，算阿姨白等了，真好气人呀！"

小强却笑了，说："林阿姨，不要生气了，我送给你一辆车。你在这里等我一会儿，我去去就来。"说时，小强已转身往院外跑去。猝然间，林媚未去追，一溜烟，他已经在拐弯处消失了。

待到林媚想到莫非小强是去退掉画笔画纸时，小强跑了过来，神秘地把一张硬纸放到林媚的手里，她打开一看，原来是小强画的汽车！

林媚抱紧小强，不由鼻子一酸，压抑的心一松，想哭。

时间过去快一个小时后，夜色更显得暗了，林媚把小强送回住处，还同关叔寒暄了一刻。关叔说眼下是公司资金周转最困难的时候，大伙听说李总把原有的积蓄都投入到了运转中，都很感动，都表示拼力工作与公司共渡难关。

林媚回家时，阴郁的心情已悄然退去。她待在楼下盯着自家窗户透出的灯光，心里顿时涌上一股暖流。她上楼推门时，门是虚掩着的。她看见李康福满面歉意地对她巴结着笑。

"看起来，你心情还不错啊，不生气了？"

林媚轻轻嗔了他一眼，说："如果和你真生气，这时间一长，我还不得气死。"

李康福上来抱着她说："老婆，对不起，我想过了，是我不好，你想要车，我明天就去。"

林媚撒娇地挣开他，嘴唇一撇，说："不，现在我，我不想要车了。"

李康福吃惊又意外："那，那你说，想要什么啊？"

林媚狐媚地盯着卧室说："我想要个孩子！"

余　烬

像往日一样，刚过下午五点，张喜伍就蹬着三轮车来到出摊的路口。

路口左边拐弯不远处是一所城区中学，再过十五分钟，学校就放学了，这里是学生们回家的必经之路。

半年前，张喜伍还在一家工地上做搬运工，是一个送水工跟他说这桩烧烤买卖的，开始只是半信半疑，后来他利用一个休息日一试，果然贩来卖去，挣的比做搬运工还多。开始他挤在校门口出摊，后来学校说污染环境，影响治安，他才退舍挪到这个路口来。

张喜伍刚把三轮车停稳，正准备摆置器具，这时，一个瘦子骑着一辆破旧的三轮车也挤过来了，车上堆满了五颜六色、包装拙劣的盗版书。

瘦子明显也看上了这个绝佳的摆摊位置，巴结着讪笑道："大哥，借个光，挨你旁边摆行不？"

张喜伍一边熟练地打开煤炉的封口，架上平底锅，一边摆出新鲜的鱿鱼和调料盒，爽朗地笑："好说哟，卖书呢，文化人啊！"

"哪里。"瘦子说，"都不容易，混口饭吃罢了。"

正说着的时候，学校那边下课的铃声响了。很快，成群结队的学生蜂拥出了校门。

张喜伍立即忙碌起来，摊位前围满了饥肠辘辘的学生，炉火正旺，新鲜的鱿鱼在焰火中"哒哒"作响，空气中顿时弥漫着一股浓烈诱人的烤鱿鱼香味。

瘦子也卖力地吆喝着："瞧一瞧，看一看，新概念校园青春小说，新出版最新作文大全！过来看看啦！"

但瘦子的生意明显不如张喜伍。

半个小时过去了，学生渐渐稀散了。张喜伍关好煤气，准备收摊。他本就打算今天出完这一摊，明天就回乡下去，乡下的孩子不省心，有事等着他哩。还好，今天买卖不错，净赚一百二十元哩，能抵上回乡下去的路费。

这时，路口拐弯处，徐徐过来两个男生，十三四岁的样子，人手一个游戏机，玩得正入神有趣。

瘦子不甘心就这么空手而归，忙凑了上去："同学，买书不？"

"不要，不要！"两个男生正玩在兴头上，连头也懒得抬，眼光紧盯着游戏机。

"同学，哎，同学，过来看看再走嘛！"瘦子眼珠一转，待两个男生走近了，他"嗖"地从书堆底部抽出一本画册，在两个男生的眼皮下晃了晃，压低声音说："绝对精彩，绝对够味，路过莫错过，不看会后悔哦。"

这一招还真管用。两个男生果然停下了脚步，愣了愣神，收起游戏机，凑上前，饶有兴趣地翻看起来。看着看着，俩张稚嫩的脸庞便火辣辣地红了起来。

瘦子似乎阴谋得逞地笑道："怎么样？没骗你们吧！"

张喜伍已收起平底锅，开始封煤气罐了，却还是好奇地踮起脚尖，偷偷瞄了一眼。只一眼，他就全明白了：色彩斑斓的画册上，全是一些白白花花的淫秽图片。

张喜伍心一紧：该死的，他们还只是未成年的孩子啊！他骤然停下收拾器具了。

"多……多少钱？"高个子男生显然心动了，小心翼翼地询问起了价格。

"四十元。"瘦子伸出四根指头。

"高了，有点儿贵。"矮个子男生小声说，伸出三根指头，"三十可以吗？"

"不贵，同学。"瘦子接过书，"哗哗"地抖了起来，"你看这纸张，铜版纸，全彩的，不仅清晰，而且还这么厚，很划算的。这是最新的，我在别处都卖五十，见你们是学生，所以打了八折呢。"

两个男生相互看了看，又四下张望了一下，缓缓地伸出手往裤兜里掏钱。

"慢着，这书我要了！"忽然，张喜伍丢下三轮车，蹿了过来，不容分说，一把从两个男生手中夺过画册。

瘦子吃了一惊："大哥，您这……"

"兄弟，有这么刺激好看的书，怎也不给大哥介绍介绍，你这人也太不够意思了！"张喜伍佯装生气地说道，"快找找，车上还有没有，不减价，我全要了。"

瘦子疑虑片刻，然后猥琐地笑了起来："哈哈……没想到，大哥你还好这一口。好，我给你找找。"说完，俯下身在书堆中翻了起来。

三本书，一百二十元，相当于张喜伍今天卖鱿鱼的收入。可他没有半点犹豫，爽快地付了钱。

"多谢大哥！"瘦子收好钱，显得心满意足，对两个男生做了个鬼脸，然后跨上车走了。

张喜伍回头望见两个惊愕的男生，说了声："孩子，别玩了，快回去吧，爸妈正在家等你们吃饭呢！"

"狗拿耗子，多管闲事！"高个子男生愤懑地翻了张喜伍一眼，悻悻地走了。

望着两个男生渐渐远去的稚嫩的背影，张喜伍好一晌才慢慢收回眼神。他仿佛竭力抑制情绪，但眼睛还是湿润了，儿子的面孔又浮现在他的脑海中。他想：如果当初不是因为进城来谋生，对乡下的儿子缺少管教，儿子就不会沾染那些糟粕东西，也许就不会走上被引诱的路……

张喜伍叹了一口气，又重新架起煤炉，将三本书狠狠地扔进了火炉里。炽烈火焰中，再优质的纸张也很快变成了灰色余烬。

张喜伍蹬上三轮车了，他忽然想，明天那瘦子还会来吗？而自己呢？他茫然了，只觉脚在脚踏板上深一脚浅一脚……

野百合的春天

　　我不知道这座海岛小城从什么时候起有了鲜花店，但妻子有事无事总爱买些鲜花安插在客厅里的花瓶里。开始，我并不介意，后来妻子出差嘱咐我浇水，我嫌麻烦，妻子就说，焦虑的时候看到鲜花，心情就会舒展多了。

　　小城有了鲜花店的同时，不时就会有外地人在节假日时贩来各式各样的鲜花，沿街叫卖，在车站或旅店前摆卖。比如情人节就卖或红或黄的玫瑰，母亲节就卖康乃馨等。我出差回来，刚下火车，在出口处，一眼就看见一个农民工装扮的小伙子在兜售百合花。

　　我的老家在乡下的山谷里，小时候，随父母上山打柴，采过无数的野百合，可现在城里人都用花棚批量种植一簇簇鲜艳的花卉，虽然都是花，却给人的感觉大不一样。我问小伙子：

"你这花从哪来的呀？"

小伙子盯着我笑，强调："我这花也和你一样坐火车来的！"

我也笑起来，逗趣："难不成火车上也能种出这样的百合花？"小伙子显然不解我的意趣，说："我是说，我这花是用火车运来的，成本会比别人高些。"

我问："那多少钱一朵呀？"

"十元。"小伙子用两个食指交叉比画着。

"十元就十元，我买五朵。那你为何不说这花从山里采来的呀？"

小伙子露出遗憾的表情："我要这么说，这花是从山里采来的，你就不一定稀罕了，这年月谁还在意山里的东西。"

"谁说的，如果换我来卖花，那我就说，这花是我爬过大山，涉过山泉，跑破了鞋，刮伤了手……攀上山崖采来的，这么一说，说不定你卖十五元一朵也不成问题，并且会卖得很快……"

小伙子咧嘴笑了，露出两排发黄的牙齿，说："你真会说话，真像个当老师的。我在乡下初中都没读完，就进城打工了。好，我少算些，卖你八元钱一朵，算是我尊敬老师！"

我为被小伙子尊为老师而高兴："这——那你要是用动车贩来的不就亏本了？"

"不会亏，亏本的生意没人做！"小伙子又打量了一下，看出我的真诚，"告诉你吧，这些百合花，是我从省城批发来的，三元一朵，除了车费等成本……没多少赚头，谁让你不还价？老实人，吃亏的是你，我们乡下人都知道进城买东西，还价得从半价砍起。"

我佯装大惑："你说怎么个还法，买你这花才不亏？"

"比如我开价十元一朵，你就说五元一朵，我不会让的。我就再次还八元一朵，你守住六元还价，我只要有赚头，薄利多销，就会卖给你。"小伙子仿佛来了兴致，双手不停地比画着数字。

"那八元一朵，我吃亏了。价格能否六元一朵，我买十朵，共六十元，比开始买五朵还多出十元，你这不还多赚了！"

小伙子摸不着头脑，说："好！"说时埋下头去捆绑花朵。

我这才开始掏衣袋，可摸了半天却什么也没有掏出来，我一下慌了神，怎么钱包不翼而飞，莫非刚才挤火车时遭遇了扒手？我又开始翻随身的拎包。

小伙子绑好花，不相信我找不出钱，也凑上来帮我找钱包，翻遍了拎包，果然也没找着钱包的踪迹。

我无不遗憾："小伙子，下午你还在这儿吗？下午我再来买吧。"话里含着歉意。

"下午我还在这儿，要不你先拿花走，钱下午来给。"小伙子脱口而出。我盯了他一眼，看他是否在试探我，说："你怎么就这么相信我，我要是下午不来了呢？算了，花存着，下午我再来买吧！"然而转念一想，又不忍辜负小伙子的信任和好意，说："你下午如果真的还在这儿，我可以先——"倏地，我又想小伙子此刻是否已后悔了刚才脱口而出的话。

"我肯定在的，我这花一时还不会卖完，像你这样买这么多花的人更少，下午，我还在这里等你，不见不散！"小伙子说时将捆绑好的百合花递上来。

"这花，我就先拿走了。"

"拿上吧。"

"你放心，爱花的人不会赖账的！"

"我知道。"小伙子在我接过花时又说，"这百合花，在山野里是一种很耐看的花呀！"

我心头一热，说："野百合也有春天，它是一种纯洁的花！"

别问我是谁

"别问我是谁，打死都不说！"

他觉得是一种黑色幽默，在他内心翻腾的 N 种谋杀方案中忽然冒出了这句话。他要谋杀的是第三者瘦猴。作为第三者，瘦猴必须死！他从卫生间出来时，妻刚刚暧昧地给瘦猴打完电话，脸颊似乎飘上了两片红晕。他一声没吭，独自上了床，听得妻随后也蹑手蹑脚地上床睡了。瘦猴死后，她会哭吗？他想，然后就睡着了。

瘦猴有一张儒雅的脸庞，加上一双温顺的眼睛，属于那种很能吸引女人的有地位的男人。他已搞到了瘦猴的座机和手机号。一想到马上就要将瘦猴送到地狱，就不禁产生了一种快感。

次日，他在瘦猴单位对面街边一个公用电话亭里，用 200 卡拨打瘦猴的手机号。通了，瘦猴的声音从话筒中传了出来，他咬咬牙，然后才定下神来对着话筒说："若要人不知，除非己莫为。你去自首吧。"

"开什么玩笑？！无聊。"瘦猴挂上了电话。

他又很有耐心地用200卡拨了瘦猴办公室的电话，瘦猴接了起来。

"你以为我在开玩笑吗？"他说。

"你到底是谁？"瘦猴的声音有些愤怒。

"一个陌生人，认识我对你没什么好处。"他说。

"你要干什么？威胁我？谋杀？"瘦猴迷惑地问。

"给我听着，十分钟后，你到你单位对面的公用电话亭来，那里面有你感兴趣的东西。你好自为之吧。"他挂上了电话。然后在电话亭边的公交车站里待着。

十分钟后，瘦猴左右张望着走进了电话亭。他肯定看到了他的留言，上面写着："请拨136137×××××，接听的问'Who are you？'，你就说'别问我是谁，打死都不说'，一切就会真相大白。"他看到瘦猴手里揉搓着纸团出了电话亭。

半小时后，收到一个陌生号码拨来的电话，他按约定的说了声"Who are you？"，只听到瘦猴的声音响起："别问我是谁，打死都不说。"

他捏着鼻子，用方言说："三天后，准备好六十万，保你没事。如若不然，你就等着瞧吧。"

"我，我们见面谈如何？"瘦猴小心翼翼地问道，"你是哪路英雄？"

"想把我交给警察？准备好钱后，我再和你联系。"他说完就挂了电话，拆出手机卡扔到了垃圾桶里。

三天后，他刚走到瘦猴单位对面的街面，发现不远处有好几双警惕的眼睛呈环形包围圈在盯着。瘦猴肯定已经报了警，他暗笑一声，上了一辆空荡荡的公共汽车，过了三站他下了车，确信无人跟踪便钻进了一个网吧，上了一个可以在线发短信的网站，用一个外地的手机号码注册登录后，发了一条恶狠狠的短信："别问我是谁，打死都不说。我只要钱，不要警察。钱拿给我，警察留给你，要不纪委会找你，你会有很多话要向他们说的。"

然后他离开了网吧，一直在街上逛到了下午，才用一张新的200卡给瘦猴打了一个电话："收到短信了吧？准备好了吗？"

"收到了，都准备好了。"瘦猴语气中有点儿无奈。

"请你三十分钟后亲自带钱到鸿发超市，确保手机畅通。"他并没有给瘦猴多少时间回味，便挂下了电话。他原想瘦猴可以像个真正的男人那样在电话里慷慨激昂地吵嚷一下，结果面对暧昧的威胁，瘦猴竟变成了一条没有骨头的狗。

三十分钟后，瘦猴出现在超市门口，在刺眼的阳光下流着汗抱着一只沉甸甸的密码箱，人群像潮水一样不断从瘦猴身边流过。瘦猴似乎并不知道自己正在被人欣赏，仍然焦虑而又无奈地等待着神秘的信息。

他坐在超市内的茶座里，透过玻璃冷冷地看着瘦猴，忽然对自己的计划失去了兴趣，确切地说是对瘦猴失去了兴趣。于是他起身结账，走出了超市，与瘦猴擦肩而过。

　　这时，意想不到的事发生了。瘦猴忽然拎起密码箱，神色慌张地往马路上闯。他下意识地跟在瘦猴的后面跑，瘦猴弯腰从马路上捡起一张被风吹走的百元大钞时，一辆卡车向瘦猴冲了过来，几乎是下意识地，他伸手一把推开了瘦猴，卡车撞上了他。他感觉眼前的世界忽然飞速地旋转，然后听到自己坠落在柏油马路上的声音，眼里只有褪色的蓝天，越来越模糊起来……

　　瘦猴那令人生厌的面孔忽然凑了上来，他听见瘦猴絮絮叨叨地说着，声音好像来自几千里外很空旷的地方："朋友，不能怪我，你没事吧？是那辆卡车撞你的……"

　　他脸上露出了嘲讽的笑容，一把抓住瘦猴的衣领，把瘦猴的耳朵凑到自己嘴边，用尽最后的力气，说："别问我是谁，打死都不说！"

追　寻

　　傍晚，天终于放晴了。要紧的是，他的心情已经变好。窗外，地面上似乎不那么泥泞了。

　　为什么昨天傍晚没有在公共汽车上看见那一张动人的脸呢？好像失去了一张珍爱的画。那么，今天能不能在汽车上碰到她？那个年纪已经不轻，脸也不俏丽的陌生女人。"谁说陌生，一年多了，几乎天天在这趟公共汽车上和她碰面。"那真是一张耐人寻味的脸，她沉思，她微笑，她忧伤……永远活跃着生命。关键在她的神采，神采常会使平庸的相貌变得美丽和动人，这是一种只有艺术大师才能捕捉到的美。

　　他不是大师，他甚至不能有一顶名正言顺的画家的帽子。他本来应该而且可以成为一个很有才气的画家。他得天独厚地具有一般人所不容易具有的眼睛的记忆。凭着眼睛的记忆，他已经画了无数张她的素描。她，这陌生而又亲切的女人，在他那斗室的墙壁上，带着各种神态，从各个不同的角度望着他、观察着他。

他是学绘画的，搞不清楚为什么会弄到气象站来工作。的确，他会干什么？又能干什么！除了要出黑板报，或是逢年过节要在机关门口装饰"元旦""国庆""春节"几个美术字的时候，人们才会想到他这个美术学院的毕业生。可那机会那么少，又那么短暂，没等人们留下什么印象就被忘记了。

一年多来，欣赏她、揣摩她、描摹她，无声地用心和她交谈，已经成了他生活中不可缺少的一件事。可是，昨天傍晚，他没有在这趟公共汽车上看见她，他的心情变得那么坏，整整一个晚上。

上床睡觉的时候，他呆呆地出了好半天的神，然后，他忽然发现她的每一张素描，都不能传神。他越看越别扭，光着脚板跳下床，把那些素描从墙上扯下来。一张也不剩，撕得粉碎，弄得满地的纸屑碎片。

应该买一对彩笔，他出门了。

装在床下那个纸篓里的那些彩笔，早已轮回地凑合又凑合了好几遍。现在，就连粘橡皮膏也不解决问题了。而她，现在在哪里呢？那个他曾经把她比作一个梦、一支夜曲、一泓湖水的姑娘。他使劲地用手抹了一下憔悴的脸，好像脸上沾满了看不见的蛛网，走进了那家日夜营业的百货商店。

卖彩笔的姑娘正在和别人聊天。

"小姐，我买彩笔！"没人搭理。他显然是一个微不足道的角色。

他提高了声音，再次说道："我买彩笔！"

她爱理不理地走了过来，斜着身子，胳膊肘往玻璃柜台上一靠，然后翻着眼睛问他："要哪一种？"

"深蓝色的！"

柜台后面有人叫了："小王，你的电话！"

"啪！"扔过来一支，红色的。他苦笑了。要不要等她接完电话，换成蓝色的？已经六点三十分。再等就会错过那趟公共汽车了。他不等了，转身去候车亭。

她在那儿。夹着一把浅绿色的塑料伞。浅红色的衬衣外面，是一件银灰色的外衣。拎着的网兜里最上面是五个扎在一起印有某某中药店字样的纸包。有人病了，不知是她的丈夫，还是她的孩子。她一定累坏了，一脸的倦容和烦恼，微微地弓着身子，靠在候车亭的铁栏杆上。

公共汽车来了。永远是那么不顾死活般的拥挤。她一定会急着回家。他冲到她的身边，尽力排开拥挤的人群，让她能挤上汽车。

她跟前的乘客下车了，位子空了下来，她重重地跌在座位上。伞，却从她的腋下掉了下来。他忙为她捡起。他害怕得连心也缩紧了，生怕他会听到一个想买彩笔的姑娘一样的银铃般的嗓音。那样，他在想象中已经习惯了的形象就会被那银铃般的声音砸得粉碎。

他听见一句低沉的，甚至是略带嘶哑的话："谢谢！"

他感激地望了望她，有好一阵不能从那莫名其妙的快乐里清醒过来。有什么声音在他的心里响着，是了，是那句话："不，该是我谢谢你，你没有让我失望！"

她瞥了他一眼。那是一双除了她自己的世界，什么也看不见的眼睛。当然也没有看见他。用不着，他并不想认识她，也并不想爱她。他只是想画这张动人的脸，并且把她的画像挂满他的墙壁。

几乎所有的收藏家都会喜欢向人们炫耀自己的收藏，高兴的时候，也还会转送给自己的朋友。可绝对没有哪一个人愿意自己的女人被人欣赏。一个男人对一个女人或一个女人对一个男人产生兴趣便是想要爱他，占有他。他想，既然人是自然界里最杰出的艺术品，到什么时候男人才不把女人，或是女人才不把男人仅仅当作求偶的对象，而作为一件艺术品来欣赏？

她怎么说的？"谢谢！"是不是这个样子？回家进门了，他试着在心里重复她的语气、语调。他从那声音里好像又更多地捕捉到了一些感觉。他神经质地搓着自己的手指头，准备重新为她画一张素描。

他走进自己孤陋的房间，顺手关上了房门，空气一下子显得那么温暖，就像他今天晚上的心情。他在画架前坐下，凝思起来。

今生盛宴

许有恒老师总觉得像是进了别人的家。

他昨天出差回来，客厅里陌生的摆设就让他以为走错了门。但犹疑之际，他终于认出书房门楣上"不夜斋"三个字。那可是他亲笔挥毫而书的。这些年来，他总是以拥有独自的书房而自豪。他认定，在安静的环境里，即使再枯燥的学问，也足以让人乐此不疲。

这次外出参加为期一月的教学交流，回来是要提交交流报告的。可今天一早，他就枯坐在书房里，铺开洁白的信笺，而思绪却一度被客厅里的摆设所缠住：原先墙壁上他亲手所书的唐诗宋词条幅被一台三十四寸液晶电视所代替；陪伴他多年的三张老式藤椅也被崭新华丽的布艺沙发所换掉；明亮的钢化茶几上放置着一只紫砂壶，衬着五只攀龙附凤的茶杯，营造出一种典雅别致的氛围。而这种奢华阔绰的摆设，他事先只能在电视广告里见到，可这要用去多少钱？这与他一个教书匠应该是远远无缘的。

他想起了儿子许青路。难道是他的汽车修理行赚了钱？儿子自小天资聪颖，当年以高分考进华东师范大学，他曾引以为荣，赢得尊重。然而，儿子只在讲坛站了三年，就闹着转行，他劝阻过，可儿子转行不成，竟辞职下海去开了间汽车修理行。他差点儿气晕过去，悲叹家门不幸，曾对着儿子说："你少让我见到你，见着你我会血压升高。"而儿子却倔强地说："只要对职业忠诚，行行出状元。"三年过去了，他确实很少见到儿子，也许是他常年外出采购配件，或者是早出晚归，生怕惹他心烦气躁。后来是老伴对他说了儿子下海的缘由：儿子的女朋友只来家玩过一回，便以家徒四壁为由分了手。他听后说，既然如此这般，那就不值得留恋。而这次他外出参加教学交流，只一个月时间，儿子竟把整个家改造了。前些年，他一家人住进这套房时，还欠了银行贷款呢。

一个上午的时光很快就过去了。他叹了一口气，顿觉饥肠辘辘。他提醒自己，文思枯竭时别硬着头皮写，待午睡之后再重理头绪。可吃过午饭，他毫无睡意。这可是多年来所没有过的。是卧室里有了很多改变吗？床上垫着席梦思，有些柔软，让他有些不习惯了。挨墙竖起了大立柜，放着他和老伴的衣服还绰绰有余。特别是那个精巧的梳妆台触动了他，那是老伴多年来催他买而没落实的。忽然，他浮起一个怪念头，去看看儿子的卧室。

推开儿子卧室虚掩的门，他眼前一亮，又一个崭新组合立柜，显然比他卧室里的大且气派。最扎眼的是卧室墙里居然有一个书柜，而且摆满了书，有几套书是他多次流连书市而最终望着书价叹气没有买下的。此刻，他忽然觉得如获至宝。多年的习惯让他对书情有独钟，而且认为，只要有书，就可以是不食人间烟火的人生盛宴。

直到下午四点，老伴回来了，他才惊惶地从儿子的卧室出来："你，你怎么这时候回来了？"

"今晚家里来客人，我回来准备晚饭。"老伴嘴唇一挑，似乎有喜事。

"谁？谁来呀？"他关切地问道。

老伴眉头一扬，郑重其事："我必须事先说好，今晚儿子的女朋友小杨要来，主要是想见你，你要有个好脸色，否则，我与你没完！"

老伴这么一说，他知道儿子的女朋友不止来过，还似乎同老伴有亲情了，他问："那小杨是干什么的？"老伴却没正面回答，只说："来了就知道了，你或许会满意的。"

他回到书房，开始潜心翻阅教学交流资料，直到儿子和女朋友小杨来敲门，他才抬起头来：儿子西装革履，很帅；小杨有些文弱，却很显秀气。

寒暄过后，他和儿子来到客厅。他头一回坐在布艺沙发上，臀部往下沉，可他感到舒坦。小杨进厨房帮忙去了。儿子欲言又止，终于说："这些年，我想了很多，一个国家如果没有一批甘于寂寞而潜心学问的……或许这个民族就缺乏信心和希望。我虽然离开讲坛，但我并没有辜负你……"

"其实，我并没有强求你干什么或不干什么。"话一出口，他竟一时不明白自己为何那样对儿子说。"小杨是研究生，读历史专业，非师范类，可她应聘在市一中。她说，她听过你的课，还说你的声音能让每一个学子听后总是精神抖擞。"儿子健谈起来，于是，父子俩谈起了卧室书柜里那套他经年渴求的书，言谈间听得见厨房里勺和锅撞击的声音，随后有很浓的香气弥漫开来，他仿佛又一次享受到齿唇留香的阅读盛宴。

晚饭时，老伴显得很高兴。儿子和小杨敬了他几杯酒。平日里他可是滴酒不沾的。他只觉得滚烫炽烈的酒，滑过喉咙，又痛快又难受。

他终于觉得在自己的家里彻底地醉倒了。

拯 救

下班的时候，阿炳打来电话说，让我到他的城南音像店去一下。

我犹豫了，从我这儿到他的城南音像店几乎绕城大半，下班这当儿车流人河，我蹬自行车就得个把小时呢。我说："有什么事就在电话里说吧。"

阿炳没有多说什么，只说来一下就知道了。随即，他挂了电话，那口气仿佛有什么非见面就不好说或不能说的。

我了解他的执拗，知道与他再说也不会有变，只好骑自行车绕道城郊向着城南而去。

我和阿炳认识是在朋友的饭局上。宴席间，他几乎不动声息，比我的话还少。待到大伙耍起酒疯互敬，他仍是最好的听众。有好事者欺我不胜酒力，企图借势灌醉我，吵嚷之间，他竟横身夺过我的酒杯往他嘴里倒。这让我一下子就记住了他。

那晚，阿炳送我回家，到了我楼下，有个孕妇跪在街边，面前摊着一张白纸，写着歪歪扭扭的字，不用看也能猜出大概内容。我竟发现阿炳搀扶着我时，不忘掏出五元钱丢在纸上⋯⋯

没想到，我绕道城郊走，路上人流并不见稀疏，或者是人们都觉得城郊小道通畅，结果都转向绕来，硬是把一条本不宽敞的小路挤窄了。丁字路口处，那堵高高围墙后破败的院落，就是阿炳曾经上班的地方。阿炳告诉过我，他是参加工作三年后听人鼓弄下海去的，却什么也没捞着，如今上岸来在城南好不容易租个小铺面开一家音像店，经营着老碟，新碟更新也快，可就是赚利很薄，刚能抵上养家糊口。但阿炳乐在其中，按他的话说，别看音像门脸小，声乐世界大着呢，在国外去见部长或总统，你可以穿便装，但进歌剧院要着正装或礼服；其实人的身上都有一扇音乐之门，只不过是你不知道，更不知道它会何时打开。我和他一来二往混熟后，不时就相邀小聚，大多是到郊外农家菜馆去。那里有几样应时的菜式，比如葱拌毛虾、干煸溪螺，还有酱焖鳗鱼等。阿炳酒量并不见好，独独喜欢三春椰酒，喝到醉眼蒙眬时，便学着电视里的广告词，戏说你好我也好。由此我常常想起，认识他的那个宴席上他为我挡酒，心里便陡增些许敬意。

城郊的路上车水马龙，三教九流夹杂其中，前方出现了一个沿街乞讨的老汉。记不清多少次了，我和阿炳曾经也走在城里街边，见到乞丐或残疾人，他总是像准备好了的悄然丢下三五元钱。我说，那些都是装出来的。之前就有电视台采访一个孕妇，结果她拔腿就跑，原来肚子是垫起来的。他听了未置可否，只是笑笑。我知道他未必相信我的话，或者就不打算相信。有一次，我明知不能说服他，却还是说："你就图个心安？"他却说："不是心安不安，只要他们高兴，这付出也是我能承受的。"

也许这只是缘起，后来一件窝囊透顶的事，弄得我的心情很不平静，想必阿炳的心情也不会平静。

那是朋友的朋友转折介绍朋友的朋友——反正隔了好几层关系——从贵州大山里赶来，办了一个小型慈善讲座。主讲人林山似乎没有抖落从远山而来的疲惫，给我们看了九张富有感染力的照片：木板钉成的墙壁、渴求的瘦眼、龟裂的手指等。林山的演说形神兼备、声泪俱下，诉求贵州远山深谷里教育亟待拯救，其召唤力穿透和震撼了在场所有的人。现场募捐时，我掏六百，阿炳捐了两千元。我知道那是他准备进货的钱。那时，他的音像店几乎没有进账。

事后一个月，阿炳似乎还没有从贵州大山的世界里走出来。他说，如果可能，真想去贵州支教，哪怕是一个月。于是我设法联系朋友的朋友，可是林山似乎从人间蒸发了，倒是打听到在场四十一人捐了十六万多元。朋友的朋友找到朋友，只说是林山的手机停机了，他们也只是在一家网站上认识林山的。我特意上了那个网站，林山在网站上贴了很多图片，包括演讲现场见到的那些照片。林山还在网站上贴了很多帖子，呼吁社会关注贵州大山里的孩子。林山失踪后，网站上的资料也就停止了更新。种种情况表明：我们受骗了。但阿炳并不失落，他始终相信他固执的直觉：林山深邃的眼眸里燃烧着诚意……

　　一年过去，我和阿炳仍在朋友间互相招呼，在往来的聚会时小酌，但我心里不觉间起了生分之念，害怕他会提起因为我的冒失而引致的尴尬后果。渐渐地，我甚至觉得他每一次对我的笑都意味深长。好在阿炳像没有发生任何事一样，对捐助贵州大山的事只字不提。不时，我和他还是相约到城郊农家菜馆去，依旧是点几样应时小菜，外加一锅沸汤，酒还是熟识的三春椰酒，却就是未见他再醉过。上个星期的周末，阿炳外埠的朋友来了，我还应邀到城郊农家菜馆去赴宴。今天是周四，他打来电话非让我去找他，究竟有什么事就不能电话里说呢。

　　远远地，我听到从阿炳的音像店里飘出来天籁般的旋律，正待在街边沐浴一番，不想，阿炳从店里出来了，不容我迟疑，催我进屋。

　　屋里不大的空间，摆了一张扁形饭桌，放着一瓶贵州醇白酒，还有外买的几样小菜，却摆了三个座位。我机警地问："还有谁？"

　　只见阿炳抖出一张发皱的都市报，神情有些异样，说：

"还记得吗，那位贵州大山来的林山，他，他没有骗我们，他是回贵州途中遭遇不测的……好在那个无意伤害他的人发现了那些钱（捐款）的来路……最终那些钱用在山区小学的建设上……"

那晚，我和阿炳都显得相当海量，却还是喝得酩酊大醉。那晚，我和阿炳畅游在音响声乐搏击的浪潮里，只记得阿炳的眼眸好亮好亮。

始料未及

　　梁生当初将县领导的电话号码输进自己手机时，想到的只是为了不错过某种难得的机遇，甚至对机遇还充满了愉悦的期待，压根就没想过这些电话号码会带来什么烦恼的事。

　　梁生在县建设局当办公室副主任。主任半年前提任了单位副职领导，有很多人都盯着这空缺的位置。办公室主任这角色虽不是单位领导成员，却很多时候比副职领导还要有实权。半年来，他工作总是不辞辛劳，忙得不亦乐乎，每天光接打电话就要换两块电池。后来，为了避免疲于忙碌，他把必须接的、可接可不接的、完全可以不接的电话号码分类存进手机。手机响了，见是可以不接的电话，干脆就任它叫唤去，特别是陌生号码就不再搭理。

　　可有一天他去开会，入场时，有人拍他左肩，回头一看，竟是组织部的蒙副部长。部长说："梁主任，大忙人啊，连我的电话都没空接？"他心一跳，赶紧说："都是瞎忙，部长才忙呢！部长打过我电话，我不知道？"部长笑道："打你办公室你不在，打你手机你不接，我就知道你太忙了。或者说你手机没存我的号码，我与你也没关系嘛。我本想请你关照下朋友，不过现在不用了，他前两天调走了。"从那时起，他才懊恼，陌生来电一概不接是个大错误。他托人找来县领导的电话号码，全部输进手机，这就不会错过任何机会。只是很长时间，他并没有等到一个领导打他的手机，反而竟遇上烦恼事。

他去参加同学聚会。闲聊时，有个同学借用他的手机，无意翻看电话簿，就脱口说："好哇，你好厉害，连大老板的手机号你都有？"接着就将手机里储存的名单念了起来，全是有头有脸的县领导，惊得一帮同学一个个朝着他瞪眼，说："真是深藏不露，这么深的背景，从来都不吭一声。"他怕解释不清，只好不置可否。

他没有想到的是，第二天就有一个同学找到他家来了，提了厚重的礼物，请他帮忙联系分管国土的副县长。同学正在筹划征用一块不大不小的地，国土局那头已经攻下关，但没有分管县长的签字，就绕不过规划那个弯。现在就看梁生的力度了。

这时候，他才知道自己手机里的县领导号码引来麻烦了。他只好说："我其实并不认识那副县长。"同学说："你手机里有他的电话，怎会不认识？"他又说："那只是以备县领导打来电话好应对。"同学听后，哈了一声，说："你还没当官，就耍滑头，这些年，我可是没找过你帮忙，这头一回求你就这样对老同学？"可他自己无论如何都不会去找那副县长，便拉下脸说："反正这事我帮不了。"同学一甩脸走了，礼物留下了。他一横下心就把手机里的县领导号码删掉了。

然而，电话号码删掉了，不等于烦恼的事情就解决了。

过了两天，那同学又来了，往他办公室的沙发上一坐，说："你不帮忙，我就不走了。"他说："你坐在这里不妥。"同学说："怎样不妥？你就当我是搁在沙发上的物件。"纵然如此，他还是不能打这个电话，他实在跟那位副县长没有任何交往。半天下来，他被缠得吃不消了，跟同学说，他上洗手间，就溜了出去。他溜出去好一刻没能理出个头绪来，只得再硬着头皮回到办公室。哪曾想到，同学说："刚才我拿你的手机打给县长了，县长叫我等通知。"他急得跳了起来，说："你跟县长怎么说的？"同学说："我说，我是建设局梁生，有个亲戚，有重要工作想当面向您汇报。县长就说了，他让秘书安排，尽快答复。"话音未落，他的手机响了，竟然是副县长秘书打来的，说："明天下午四点，县长约你。"他很无奈，说了声"谢谢"。

下班刚进门，他的手机又响了，是那同学打来的。他气疯了，说："喊个魂。"还想再冲他吼，那同学却抢先道："明天不用麻烦你了，但不等于永远不麻烦。"又告诉他，刚接到可靠内幕，全省征地暂停，县长也没权，都收到省里了。他愣了半天，竟笑了起来，说："这算什么事，县长已安排了，难道要我说不去了？"那同学笑道："那你另外找个事去吧。"梁生真的生气了，说："你以后别再来找我。"那同学仍然笑，说："那可不行，以后还要靠你的。"

同学挂了电话，他翻看手机，搜到下午县长秘书的号码，拨过去，那边接得快，秘书记性真好，说："是梁主任吧，我正想通知你，明天下午约见取消了，县长要赴省里开会。"他如释重负，支吾了一下，才说："有时间的话——"电话里秘书立刻习惯性反应，说："不用客气。"他知道秘书误会了，又听到秘书说："你的事，我一定会办的。"

他听着无语，心情骤然沉重起来。

与春天约定

初冬的傍晚，寒风刺骨透凉，街面上的喧闹及浮躁趋于沉寂。

张新随着胡强走进了一家咖啡馆，气氛一下子同外面隔了开来，让张新觉得温暖。他不知胡强会有那么大引力，多年来召唤自己和他形影相随。如果不是两人一起蹲过监狱，或许外人不知胡强的前科的话，从气质上看，胡强是一个可以信赖的人。前些年，张新租店修手机，可后来手机贱得可怜，只好关门。也许就是这个时候，没钱花也没事做，胡强闯进了他的生活，他不由自主地跟着他三次偷盗后，便被送进了监狱。

"你好像有什么心事？"胡强点了一份牛排。

"哪有！我还能有什么心事？"张新否认，叫了一份扬州炒饭。

"最近出门吗？"胡强盯着张新问。

"没有！"张新见到胡强的目光，有些胆怯，"我还能往哪儿走！"其实，张新明白胡强说的是离开本市，可他眼下并不自由。在狱中胡强很照顾他，没有几个人敢欺负他。但出狱后，他又为胡强挡了一祸。那是他帮胡强给他的朋友送一包东西，没想到交易时被警察逮住，才知道那包东西是"白粉"。好在第二次入狱只有一年他就出来了。这要感激老警察潘警官。他负责处理相关案件，他看好张新精通手机，就力排众议给他办了假释，条件是：假释期间不得离开本市，还有就是发现非常事件一定要及时报告。潘警官还对他说过："冬天是最能考验人的，熬过冬天，你会发现春天一切都是自由的。"

胡强吃完牛排，问："现在几点了？"

"八点过半了。"张新看着手机应答，他并不知道约他出来干什么。

"好，我们出去走走！"胡强站起来，走近张新跟前时，从衣袋掏出一把匕首，递给他，"拿着，有用的，跟我走。"

"大哥，可不能……"张新推不开，只好接着，惊惶地四处张望，"你要干什么？"

"跟我走就是了。"胡强不等张新反应就出了咖啡馆。张新极度后悔不该跟着胡强出来。忽然，他想起潘警官跟他说的话，假释期间犯罪，罪加一等；如果阻止犯罪，将功补过，可提前释放，恢复自由。潘警官是他的单线联系人。当初莫非潘警官假释他，就是想让他盯着胡强？他觉得应该同潘警官立即取得联系。

乘着胡强去买烟，张新掏手机拨潘警官的号码，可一连拨了三次，对方都关机。他还想再拨，胡强买烟回来了。

潘警官怎么会关机呢？可能是手机没电了？看来只好给他发短信了，一旦他充电开机就会知道自己的行踪，就会带人赶过来处理；或许即使他不开机，自己发出的短信也足可证明他向组织报告过。他对手机十几个按键了如指掌，在裤袋里就将短信发了出去，内容是：我正被胁迫参与抢劫，在城西东街，急！

张新被动跟着胡强走进了一家正准备打烊的金店。胡强厌刀指着店主模样的中年妇女，抛出一只布袋，嚷道："老实点，快把钱装进袋里，饶你一命！"说时示意张新上前去制止另一个男服务生。

张新跃步上前，悄声对男服务生说："别慌，快去制伏歹徒。"说时，不知从哪里涌起一股蛮劲，迅速迂回对准毫无防备的胡强，男服务生顿悟过来，打晕了胡强。

正像张新所期待的那样，警察来了后就带走了他和胡强。三天后，他被证实协警报案，获得自由，就像潘警官说的那样，被提前释放了。

张新出狱后的第一件事就是去找潘警官。可他被告知，潘警官被隔离审查了。

他见潘警官就问："那天晚上，我拨你手机，可你关机了。

后来我又发了短信，你没收到？"

"那天晚上，我的手机被没收了，涉嫌嫖娼，你信吗？"
潘警官显得很无奈。

"怎么会呢？！你……"张新疑惑道。

"连你也觉得不会，可我却无法说清楚。那天晚上，我发
现一个团伙涉嫌贩毒，因为情况紧急，来不及向组织报告，便
混在洗浴中心，向一个桑拿小姐探听详情，却被识破，对方
竟报警，指证我嫖娼——那个桑拿小姐也是他们一伙的。"

"那你像我一样将事情交代清楚不就完结了。"

"我已交代一周了。"潘警官苦笑，"没人相信我……也许，
我这辈子当警察到头了。"

张新想安慰一下潘警官，可不知说什么好，只说："你对
我说过，熬过冬天，会发现春天一切都是自由的。"

"会的，谢谢你！"听了张新的话，潘警官皱起的眉头舒
展开来，"一定会的。"

静寂的春天

　　快下班了，春雨还在潇潇地下着。我正犹豫下了班该怎样回去，没想到，阿伟打来电话说，让我去他那里一趟。

　　我说："有什么事不能在电话里说吗？"

　　他没有多说什么，只是说来一下就知道了。那个口气，仿佛有什么话非见面就不能说或是不好说似的。

　　下班后，春雨仍在飘洒，看来一时半刻不会停歇，我就借了一把雨伞，蹬上自行车，顶着雨，向着阿伟的宿舍骑去。

　　阿伟同我原都是农村娃，后读书考上院校，分配在工商银行县支行工作。就考学这事，他说过得感激我，指的是，那年高考预考，他落榜后本无心再读，是我跑了十多里的山路，从他家拉他出来补习的。就补习那一年来说，我同他算是黏上了，到食堂吃饭的饭票菜票放在一块，哪分你的我的。后来，我俩都考上了，虽然并不同校，但书信来往不断，假期聚到一块，时常夜聊通宵。

路上，雨不知疲倦地下着，我记起了已有些许时日没去阿伟那里了。说起来也就因为他有了对象阿珍，是他在一次舞会上认识的，就是那个高挑苗条虽不是打眼漂亮但却秀气耐看的姑娘。开始我还是常去他那儿，却常常碰上阿珍，有一回，我陡然感到自己成了多余的"灯泡"后，就不常去了。于是，我有点儿恨阿珍，要不是她的介入，我同阿伟的友情会天长地久的。此番，阿伟又来电话了，还说让我上他宿舍就知道，是有什么要紧的事吗？这家伙，有时候很鬼。

潇潇春雨中，我顶着伞，轻捷地蹬着车，又竭力不让衣服被雨水淋湿。小街两旁的树枝，经过近些时日春雨的浇灌，又开始冒出新芽，有的还抽出了新绿，许多事物就是经过冬天严峻的洗礼，又总是在春雨的滋润里复苏，焕发出新的生机……

踏进阿伟的宿舍，我眼前一亮：他不知何时买了雅致的柜子，油漆闪射出晶亮的光泽；添上了一台彩电，一套音响，一套仿古红木椅漾着古色古香的气息，只差地板没铺着地毯了。

我蹭了一下脚底的烂泥，连连打了几个喷嚏，他已泡上了浓浓的咖啡，正等着我。却未见阿珍的影子，又不好问。

坐定后，我急问有什么事。他诡秘地一笑，说他同阿珍利用十天休假，做环岛游，不放心别人看门，就让我守。

我想，这馊主意一定是阿珍出的，阿伟可不是这号人。但他们相信我，我就答应了。天黑了，雨开始停下来，我才告辞出来。临走前，不忘郑重地接下阿伟宿舍的一把黄铜钥匙。

阿伟同阿珍走后九天，我都是窝在沙发上过夜，可他们回来的那天早上，我却躺在他们的"席梦思"床上烂睡不醒。

阿伟摇醒我时，我发现阿伟满脸困惑，像盯着一个陌路人；阿珍的脸色有点儿发阴，脸孔仿佛浮现黑斑，让人想着孕妊娠反应的那种颜色。

我意识到要快点儿离开，可一掏衣袋，钥匙不翼而飞。哦，昨夜，很晚了，我乡下的一个远房亲戚寻来，我和他也是很久没见面了，我在海那边读书时，寄信催钱时，父亲总是去找他。我心里一度感激他，最后还喝了酒。我一向不胜酒力，喝了几杯，不想身子飘起来。送走亲戚时，雨下得很紧，夜风很大，我让他穿走我的大衣，钥匙一定还在大衣的衣袋里。

我连连向阿伟和阿珍解释，就要出门去找回钥匙。阿珍没说什么就去打扫卫生了。阿伟拦住我说："别找了，我同阿珍还有一把呢。"

我出了门，就沿街蹬车注视着过往的行人，希望能看到我的那位亲戚。昨夜，他仿佛还说过，今天要在街上买点儿什么才回乡下去，但究竟买什么，我始终没有记起来。

我寻到车站去，也未寻见亲戚的影子。我一急，还是执意跑了三十多公里的山路，回到乡下去。寻到亲戚家，说明缘由，还真怕人家认为我是索还大衣的。

我揣着陪伴我度过数天的钥匙，匆匆赶回县城时，已是下午四时多。天又下起潇潇春雨。我顾不上疲惫，冒着雨，又上阿伟那里去了。

走近阿伟的宿舍，他不在，门锁上了。

我伸手进衣袋掏钥匙，可一瞧，门已换上一只崭新的双保险暗锁。陡然，我心里空白一片，转身走进迷蒙的雨雾中……

不懂哭就瞎了

天刚早，钱总就叫上司机上路。这是因为眼疾久治未愈要去埋在山窝里的小村落。

钱总的眼疾有些时日了，先是针刺般地疼，他用了三种滴眼液也不见好转，没几天眼肿成红柿子。他又跑医院中西医都看，吃药打针，仍不见效，眼睛反而渐渐视物不清了。他气躁大骂，退求偏方。有人说，如是让电焊光刺的，就用小媳妇的乳汁涂。他的工地上正好有奶小孩的，挤给他一小瓶，涂了三天却没见效。有年长的提醒，如是见了污秽物，得用桑树叶熏。他找来桑树叶熏，可熏了三天，眼肿得更厉害了。

钱总害怕了，莫非这就要瞎了，开始整天整夜不睡，脾气上来，吓得公司上下不敢在他跟前晃。因为视力下降，人在他眼里成了摇晃的黑影，总免不了他一顿臭骂。就在他急得发慌的时候，公司里有个曾下乡蹲过点的说，山窝里有个专治疑难杂症的老头，脾气很倔，不管你官多大、钱几多，要治病得上门去。他一听，觉得人家谱摆得那么大，说不定有两下子。于是，打发司机将自己颠了四个多钟头，去了山窝里的小村落。

记得那天钱总和司机刚迈进门，一个女声细细响起："来了？"屋里光线很暗，钱总只见到一个瘦弱的影子摇晃了一下，便把眼疾的隐情说了一遍。那个细小的女声问："有多长时间没流眼泪了？"钱总愣了半天，才说："大概有十年了！"那细小女声"嘎嘎"地笑起来："物极必反，天理呀，喜多必悲，笑多必哭。"钱总慌了神："老先生，我还有救吗？"那女声收起笑音，淡淡一说："没大碍的，回去哭上几回就好了，不懂哭就瞎了，如没好，再来。"钱总一下子轻松起来，心想，凭这奇怪的治法，像是遇上了神仙。

可回公司，钱总一点儿想哭的感觉都没有。他想起小时候因为挨饿而哭过，小学时闹不团结受老师恶骂而哭过，中学时顽皮惹祸被父亲揍打而哭过……可这么多年过去了，他压根就没有饿过，既没有人骂他，更没有人揍他，他现在到哪里去找哭的感觉呢？

钱总让人从工地上找来一个民工。民工在他眼里成了一个影子。他掏出一百元掷在桌上，对影子说："你骂我，把我骂哭，钱你拿走。"影子说："我哪敢骂你，骂你把我开了怎么办？我一家子糊口就靠我这份工作！"钱总犟上劲来："你再不骂，我才开你呢。"影子无奈就嚷："黑心的工头，你钱多了烧手，我就骂你，我累死累活干一天，你才给我二十元，我骂你就等于我干五天！"钱总被骂时想，平日书记镇长都没骂我，现在却被民工骂，屈辱得想哭，可挤不出眼泪来。可还是让民工拿走了那一百元。

钱总又让人找来一名保安。保安在他眼里也成了一个影子。他掏出两百元掷在桌上，对影子说："你打我，把我打哭，钱你拿走。"影子却一下子自己哭了，说："老总，我怎么打你，你把我开了算了！"说罢，不敢去摸桌上的钱，落荒而逃。

那些日子，钱总着意不吃饭，甚至不进水，虽然饿扁了肚子，可仍找不到要哭的感觉。

当钱总饥肠辘辘地来到山窝见到那女声老头儿时，已是精疲力竭。他依稀见到瘦弱的老头儿在他跟前像灯火苗摇曳一下，那个女声问他："你在商海滚打多年，你还记得自己是如何发迹的吗？"他听着脑里翻江倒海，记起了早分手的老伴刘雨红……

刘雨红是与他逃婚进城打工的，而逃婚是因为掏不出当年刘家廉价的彩礼。

进城后，刘雨红与他相濡以沫，卖过烧饼、收过旧货、倒过土坯、贩过水泥，两三年内，终于凑手有了一笔钱。可刘雨红拿去攻关一个竞争激烈的装修工程，没想到水打漂没影了。记得那天刘雨红扑在他怀里彻夜地哭，可他没哭，他觉得在女人哭时，男人还落泪干什么。后来，刘雨红学会了跳舞，又学会了打扮，穿了丁字高跟鞋，裙子那么薄透，甚至后来一个夜里没有回家，次日却拿回了一个一百余万元的建筑工程。再后来，他和刘雨红开了一家公司，有了从没敢想有的钱，置了房，买了车，日子过得尽心尽兴。

直到有一天，一个穿丁字高跟鞋又穿薄透裙子的小姐为了一个工程合同倒在他怀里，他倏地想起刘雨红是否也曾那样委身他人，心像刀剁般疼痛。他的工程越做越大，在丰乳肥臀当中更加肆无忌惮。东窗事发后，刘雨红与他争吵，可他话中带刺地回击她，却比挑明还难受。刘雨红骂他忘恩负义，提出分手，这时候他才记起当初逃婚就没登记过。他将房子留给刘雨红，开车逃离了那个地方。他始终觉得是刘雨红先负了他。分手后，这些年刘雨红在干什么，他并不知道，也没找她。

钱总对老头子说罢往事，却面无表情。老头子给他一包药，一声叹息："你再哭不出，你这辈子就真瞎眼了！"

钱总回到公司，家乡有人找上门来。她一进门就"扑通"一声跪在地下，说："钱总呀，请你救救刘董吧！"

钱总问："刘董是谁呀？"

那人抬头说："就是当年与你一起逃婚的刘雨红。"

"她怎么啦？"

"刘董早年与你合作建的一所小学校舍坍塌了，压了不少学生，被检察院扣走了。她把责任全揽在身上，听说要判死刑，后来与她合作的都躲着她，甚至巴不得她早死。现在，只有你才能救她了……"

钱总听罢，只觉得眼里一阵刺痛，滚出了晶亮的东西……

无处安放的花瓶

在加油站加满油，他轻踩油门，越野车驶上了 319 国道。

离开小镇，他的心就一直剧烈地跳动，时而又掠过一缕快意。他终于下意识干了那件事，可以让鲁南那小子也尝尝失落的味道。

他抬手看表，时间定格在十一点三十一分。不过，他设定的是十二点整，还有二十九分钟。

一切都像事先预想的那样，几乎没有任何意外。他始终没有流露出对鲁南的半点怨愤，而且还使他心仪的林娜满怀感激。

今天路上的车并不多，偶尔有一辆从对面远远驶来，刚一擦肩而过，瞬间又远远消失在后头。

其实，他曾不止一次地对自己说，算了吧，没必要那样，既然他喜欢林娜，就不该与她喜欢的人过不去。他是一家投资公司的老总，响应定向扶贫来到草原牧区。林娜是牧区技术员，长得并不出众，他不知道是怎样喜欢上她的，有一种特殊的感觉是他离异后对任何女人所未有的。她似乎石膏般洁白神圣，以至于他不敢亵渎她。他善于掩藏内心活动，当有一天林娜告诉他，等到牧区实验室落成了，她就会与鲁南确定关系时，他的心几乎空落落地沉了下去，但他还是言不由衷地祝福她。

今天就是草原牧区实验室的落成典礼。三个小时前，他从城里驱车赶来时，典礼已经结束。当他挤开庆贺的牧民走进刚安装完毕的实验室时，林娜还惊喜地喊："真没想到，你能来……"鲁南愣站着，一时无语。

他脸上露出一抹微笑："怎么啦？建成实验室就忘了老朋友……"接着，他双手捧出一只精致的蓝瓷花瓶，瓶里插着一束艳丽的黄玫瑰，然后，小心放到一张摆满化学试剂的工作台上。

"哦，谢谢，这……太贵重了。"林娜盯着花瓶惊叹，她知道花瓶的价值，在城里，她亲眼见到他花了五千元买下的。她没想到，他买下来是送给她的。

前方车道上，一辆大型集装箱运输车缓慢地爬行着，挡住了他的前路，就像鲁南当初的出现阻挡他追求的进程。他急忙减慢车速，按下左转向灯，谨慎地超过去。

鲁南是支边来到草原牧区的。他在大学读的是草原植被管理，一直潜心研究一种化学催化剂。按他的话说，一旦成功，对草原牧区的植被繁殖价值不可估量。实验室是林娜恳请他投资给鲁南建造的。没想到，鲁南不知用什么办法掳走了林娜的一颗心。每每想起，他就后悔；有多少回，以至于他想，只要实验室没建成功或是科研没有成果，林娜似乎还会回到他的身边。他终于有了一个近乎疯狂的计划，但他提醒自己把握好分寸，不能伤及性命，他爱林娜，他不能让她背负痛苦……

他驱车穿过一个涵洞，拐上了高速公路，再次抬手看表，离那一刻，还有六分二十三秒！

他为自己的精明感到惬意，尽管毁掉了那个林娜喜欢的花瓶，但那实在是极好的掩护，谁会想到炸药藏在那里，况且实验室工作台上还堆放着不少危险化学物品，还有汽油……即使引爆，也在情理当中。谁也不会怀疑是作为投资者的他干的。他深信，一旦实验室毁了，要重建的话，林娜一定还会找他，那么他或许就有了重新追求她的机会……

刚才离开实验室时，他开车送他俩回到小镇，他们挽留他用餐，他谢绝了。现在他忽然觉得有点儿饿了，而他俩在哪里呢？

"叮……"手机响了，是林娜拨来的，他减慢车速，接听："你好！"

"谢谢你的鲜花，你的祝福！"林娜的声音充满柔情，不由让他有几分歉意。

"你能来，我很感动。其实，我知道你喜欢我，而我也……

但我不能，如果那样，人们会认为我爱的不是你，而是盯上了你的钱⋯⋯"她的真诚让他顿生愧疚。

他不由再次瞟一眼手表，指针指向十一点五十八分四十二秒。

他的心悬了起来，恨不得飞车回去带走她。

她不知道会发生什么，继续说："你的心意，还有鲜花，我们都收下了。但那只花瓶，太贵重了，我们无处安置，刚才在小镇下车时，我将花瓶搁在你车的后座下，你路上小心，别⋯⋯喂，喂，怎么没声音了⋯⋯"

⋯⋯

棋逢对手

1874 年 5 月，年过六旬的左宗棠仍被朝廷任命为钦差大臣，督办新疆军务。

途经兰州城时，适逢天降暴雨，路途险恶，只得暂时扎营。帐中劳顿之余，左宗棠闲来技痒，乃命亲信去城里物色棋坛好手，以礼相邀到大营对弈遣兴。

左宗棠平日喜好对弈，闲暇之时必找人对弈一番，其棋风泼辣细密，行棋大胆果断，与同僚中人对弈胜多负少，对自己的棋艺颇为自负。只稍片刻，便有帐下亲信回营禀报：兰州城北有一名老翁，自命不凡，高悬一条"天下第一棋手"长幌，并在一家客栈摆下阵势，恭候弈客。左宗棠在慵倦中听罢，精神为之一振，威严的眼眸中闪动着光芒，不顾左右劝阻，微服直赴客栈而去。

进了客栈，左宗棠施礼完毕，但见白发老翁精神矍铄。刚一落座，他匆匆执红先行，起手就架起当头炮，老翁跟入飞马迎阵，开启了首局之战。

两人对弈十余回合，左宗棠抓住白发老翁险走恶手之机，全线压赴，攻势如潮，白发老翁左支右绌，见大势已去，垂手败阵。高手对弈，胜者常有复盘习惯，白发老翁拘礼，左宗棠当仁不让，评鉴说："孙子曰：多算胜，少算不胜，而你一步不慎，乃处处被动，败棋之因实基于此。"

第二局，左宗棠依然主动进攻，炮轰马踏，双车左右策应，步步为营，白发老翁周旋招架，往来五十余回合，无奈再败。左宗棠再度鉴述："《曹刿论战》曰：夫战，勇气也。一鼓作气，再而衰，三而竭。分战，你弃攻专守，气势先输，焉得不败？"

第三局，局势僵持，一度不下。左宗棠调集主力于右，弃卒入势，以破竹之势劈开战局，继而前仆后继，一气呵成，直捣黄龙。左宗棠最后笑评："高手谋势不谋子。先哲有言：不谋万世者，不足谋一时；不谋全局者，不足谋一域。高屋建瓴，登泰山而小天下，方不愧男儿本色。"

临了，左宗棠指着门外长幌说："棋艺不过如此，你摘下它吧。"白发老翁双手作揖："久仰将军大名，如雷贯耳，今日得见，备感荣幸。今乃老当益壮，花甲之年犹率军出征，收复国土，心志可昭日月。三局对弈完胜，足见将军用兵神妙。老某自愧不如，不敢狂妄！恭祝挥师凯旋。"

左宗棠待见白发老翁依言摘下长幌，遂带亲信回营，当夜拔帐出征。

转眼，半年过去，左宗棠出征大获全胜。胜利回京，又经兰州城停顿，正待差人去请白发老翁，却听帐下亲信又报：原先对弈三局皆输的白发老翁仍在客栈高悬"天下第一棋手"长幌，摆出不可一世阵势，招摇过市，坐待弈客。左宗棠听罢极为不快，白发老翁怎可出尔反尔，愿赌却不服输？于是命亲信请来老翁，免去礼节，双方再度布阵交战。

第一局，白发老翁执黑后行，却见守得滴水不漏，使左宗棠无从下手。继而攻得中规中矩，丝毫不露破绽，始终主动，凭借多卒优势进入残局。左宗棠见大势已去，遂推盘认输，以求再战。

第二局，左宗棠挥军猛攻，白发老翁却柔中克刚化解劣势。左宗棠猛攻之际忽视后方，又被白发老翁抓住战机，奇袭踏平大营。

第三局，左宗棠飞相取稳，守反戈之势，白发老翁则架中吊炮，巧取攻势，双方在平稳对弈中渐进酣局。不料，左宗棠取胜心切中了白发老翁诱敌之计，便作决战之斗。于是棋盘上战火四起，双方兵来将往，二十余回合后，白发老翁损失惨重而左宗棠则伤亡殆尽，最后大营无兵可守，被白发老翁伺机攻克。

左宗棠连失三局，疑惑不解，却见白发老翁童颜鹤发，气势压人，问："时隔六月，棋艺飞跃神速，真乃奇迹？！"白发老翁从容不迫，说："前番将军初到边地，故连负三局，乃敬将军为人，且为将军出师造势，平添锐气！此次小胜，无非为左公奉献棋艺而已。棋乃娱乐之雕虫小技，虽胜何足道哉。将军长于下大棋，半年下来收复新疆失地，光照日月，岂不是下完了光照青史的好棋呀！"

左宗棠听罢，脸带愧色，感叹不已，说："棋逢对手呀，你不止长于下棋，谋略过人，连老夫的国家大事，也成你眼里的一局棋了。"顿悟棋中哲理，拱手作谢，不由仰天长叹："此乃天下第一棋手！"

龙胆鱼宴

公元 1432 年 8 月 26 日，秋日的清晨，岁值暮年的明朝大太监郑和伫立船头，眺望雾霭茫茫的大海，心潮波浪般起伏。从 1405 年至今二十多年，奉永乐皇帝诏出使西洋，足迹遍及占城、爪哇、苏门答腊、古里、锡兰等数十个国家，历尽艰险，不辱使命，怎奈此番第七次远航，水路迢迢，不料海翻巨浪，台风骤起，大船剧晃，不得不转舵停靠在海岛东岸谭门码头。

郑和每次下西洋，出航前经过检修船帆、储备淡水和食物、清点金银财宝、配给武器装备等，即使停靠海岸落脚补给或躲避风暴也从不扰民，他命船队官兵不得下船去。临近中午，忽有人来请，说地方官员聚集恭迎，商议朝拜海神之事。出海前拜祭海神，这是海岛渔民的风俗，郑和每次在江苏刘家港启程，也都要举行朝拜海神的仪式，祈祷平安。此番海涌浪恶，莫非与祭海相关，于是命船队候命，他和贴身随从轻装下船去。

席设谭门镇海恋楼，地方官员率众迎接，寒暄入座。郑和因长期在海上漂泊，潮气浓重，喝酒能祛除风湿，久而久之，酒量大增。酒过三巡，菜上五味，宴会渐进高潮。却见小二端上来一只盘子，内有一条纤长鱼儿，形如匕首，一斤左右样子，墨黛如宝玉。地方官起立介绍："郑公公，此是清蒸龙胆石斑鱼，请品尝。"郑和生长于长江入海处，彼地人宴请客人一般都挑大的端上桌，没想南岛地方官不识抬举，竟挑小鱼上桌，岂不失敬？贴身随从脸露不悦，郑和却用筷子拨动鱼儿，只夹了一丁点儿放入口中，接着又夹了一点儿往嘴里送。地方官紧张地看着郑和，不敢动筷，见郑和面无表情，私下未免后悔，莫非真的怠慢了郑公公？

郑和勤勤动筷，狼吞虎咽，一条一斤左右的龙胆石斑鱼仅剩骨刺，脸上终于露出喜色。地方官见此神情，长舒了一口气。郑和指着空盘子道："这道鱼还有吗？"地方官满脸堆笑："有的有的，小二，快上清蒸龙胆石斑鱼！"郑和道："此鱼匆如凝脂，香嫩无比，实乃南岛第一鲜也！咱家居在长江内河，何时品尝过此等美味？"地方官回道："回禀公公，此龙胆石斑鱼，八月秋汛才从远海捕得，且不易逢见，郑公公真乃福气之人。"

郑和哈哈笑道："咱家虽说遇台风，不能顺航扬帆，却能在南岛品得佳肴，真乃赶得巧，真口福了！未知店家存货如何？可否让我船队尝试？"地方官回道："台风濒临，人命关天，船队官兵候在船上恐有不妥，然怎奈郑公公治军严谨，不敢造次让船队下船，以品尝龙胆石斑宴。"郑和愣道："此话怎讲？"地方官禀道："此方船家远海捕捞，常年出没台风眼地带，捕得龙胆石斑鱼，只待台风过去三五日便可满载而归。"郑和大喜："好，传令船队下船，专候享用南岛佳肴！"

五天后，台风过去，雨后天晴，郑和惦记着龙胆石斑鱼美味。停留期间，郑和颇多思量：自己受永乐皇帝之命出使西洋，通番固然重要，但也耗资巨大。每次远航，随船财宝不计其数，无不散尽，尽管换回一些香料、染料、宝石、奇珍异兽等物，终究好比丢了西瓜捡了芝麻。想此南岛偏僻之地，百姓远海捕捞为业，自足自富。咱家身为通番正使，理应为皇上分忧，也有权处置随船财物，与其对番人慷慨大方，何不拿出皇家财物，救济南岛臣民，也为皇上赢得民心啊！

半月过去，船家果然满载而归，地方官连日宴请郑和等人，每餐必上龙胆石斑鱼，有清蒸、红烧、煮汤等，美其名曰"龙胆鱼宴"。郑和直呼口福，百餐不腻，朝廷船队迟迟没有启程。其实不是郑和忘了出使西洋之重任，而是他深知自己年岁已高，还能有几次停留南岛谭门码头？船队一去经年，海风咸味相伴，再难吃到海岛美味，所以他故意多留些时日。在郑和率朝廷船队离去之日，他在谭门留下郑姓三十壮年兵丁及三十箱珠宝银圆。

郑和第七次出使西洋正值他的本命之年，为了辟邪和祈福，他依民间风俗在腰间束了一条红绸带。可是，红绸带并没有保佑他平安归来。1433 年 4 月初，他在返航途中，偶感风寒，茶饭不进，几日来形如枯槁，唯口中喃喃念叨着"龙胆石斑鱼"，没几天，就憾然病死于印尼古里，时年六十二岁。

船队由太监王景弘率领返航，途经南岛谭门港暂停。地方官和镇上百姓闻知郑公公去世，悲恸不已，均前来船队吊唁。谭门港虽只是郑和下西洋遭遇台风时逗留半月的港口，但谭门镇百姓受郑公恩惠，念念不忘。他们知道郑和酷爱龙胆石斑鱼，纷纷结队涉海过洋捕捞，沿郑公海上丝绸之路，遍及石塘（西沙）长堤（南沙）。

每年八月龙胆石斑鱼才最是鲜美，但每年秋季三个月谭门都有船队在长堤（南沙）捕捞龙胆石斑鱼。从此，被郑和誉为"南岛第一鲜"的龙胆鱼宴，广为远扬。

"二十四史"谬误始末

翰林院门前的雪已累积成一张厚厚的棉袄，天还未亮，纪大学士纪晓岚便来到院里。昨天高公公已通传过，今日早朝后圣上要询问"二十四史"修订事宜。此时翰林院大堂内灯火通亮，编修史书的编修官把各自初校的稿子呈到他的案头，他得把最近编修誊清的史稿整理好，早朝后呈给圣上审定。

借着灯光，纪晓岚审阅汉代史稿时发现存有明显错漏，于是遗憾地对在场的编修官说："你们也是饱读诗书之人，怎会出现如此低劣谬误，有愧于圣上对尔等的信任呀。"编修官们面面相觑，欲言又止。一位平时与纪晓岚走得较近的编修官，凑到他耳边小声嘀咕道："大人勿恼，皇上知识渊博，精于查漏补缺，他老人家乐意御笔添删呢，之前和珅大人任总编时就这么叮嘱着，你呈上去，皇上挑出谬误准会高兴。"纪晓岚心里一颤，这是何道理呀？转念一想还是见机行事探个究竟为好。

早朝后，纪晓岚被通传到偏殿见驾，圣上（乾隆皇帝）示意他坐定后，便接过宋代史稿审阅起来。纪晓岚躬身侧眼看着圣上脸上变换的神情，时而沉吟点头，时而摇头静笑，果不其然，圣上每发现一处错漏，总是兴致勃勃地作下批注，然后总能引经据典把谬误之处改正过来，每纠正一处便喜形于色，脸溢笑容，犹如解开了一个秘密似的，哈哈大笑。一个时辰过去，纪晓岚拘谨地应和着，正思量怎样将其中实情禀报时，只见高公公进来了，小声说道："皇上，太后那边有事请您。"圣上这才从史稿中抬起头来，脸上挂着微笑，扫了纪晓岚一眼，说："纪爱卿辛苦了，回去再整理整理，择日再商讨。"说完，起身向殿门外走去。

回府的路上，纪晓岚脑海里一直回放着圣上审阅史稿时的情形，正如翰林院的编修官所说，错漏之处圣上并无责罚之意，而且乐于校正。这不是投其所好吗？此风不可滋长。次日，翰林院里，纪晓岚向编修官传达禁令，不容再有意留错，谁让圣上受到蒙蔽，那可是欺君之罪。说得编修官们胆战心惊，俯首称是。接下来编修的史稿必经纪晓岚逐一审阅，渐渐地，故意错漏之处几近杜绝。

正当纪晓岚庆幸纠正了翰林院不良行为时，圣上宣他带上史稿到御书房见驾。

纪晓岚跟着高公公进到御书房时，发现和珅大人也在那里。圣上蜷着腿坐在龙榻上，与旁边坐在凳子上的和珅聊得正欢。看到纪晓岚进来，示意他不必拘礼赶快坐下。纪晓岚拜谢后，恭敬地把史稿呈上。只见圣上欣然铺开史稿，凝神审阅起来，霎时间，御书房里除了圣上翻动书页的声音，显得格外安静。半个时辰过去了，纪晓岚注意到圣上面无表情，双眉紧锁，不说一句话，失却了先前的祥和。坐在旁边的和珅大人斜着身子，伸长脖子看着，似乎感觉到了什么，对着纪晓岚狠狠甩了一眼，从长袖中伸出食指中指朝他不断地戳指着。这让纪晓岚疑虑起来，圣上显然有点儿愠怒了，难道史稿出错了？这不可能啊，他已经校对了不下三遍。这时，圣上沉吟一下抬起头，舒了口气，说道："纪大人，文稿你可是勘校过了？"纪晓岚赶忙应道："微臣不敢偷闲，认真审阅过了。"圣上语气陡然显得生硬："既然已经审过，朕就不必再看了。"纪晓岚站起身不知如何应答，和珅看出圣上的心思，说道："这'二十四史'是圣上下诏编修的，最终得由圣上勘正钦定，纪大人再怎么改，末了拍板定稿的还得是圣上您老人家。"和珅看了看纪晓岚，接着说，"圣上乃九五至尊，知识渊博，通晓天文地理，博古通今，往后史稿由圣上审定后就不能再改了。"

纪晓岚赶忙下跪，道："圣上的英明举世共睹，日夜为社稷操劳，微臣只想为皇上分忧，认真检阅史稿，不敢有半点儿马虎。"说毕，只见圣上翘着嘴，点了点头，笑着道："被你俩这么一说，朕倒成全才皇帝了。不过这话朕爱听，下次的初稿先由朕审阅，最后由纪爱卿誊清。"

然而，事不凑巧，一场寒流将纪晓岚击倒在病榻上，圣上下诏，纪晓岚患病期间编修"二十四史"由和珅大人总揽。

翰林院里，和珅沉着脸对在场的编修官说："编修史稿由圣上审定，递交初稿要有讲究，留错之处不可太浅显，也不可太疑难，要半遮半掩，要让圣上查找得到，这样既不会露马脚，又能讨圣上欢心。"

待到纪晓岚大病初愈，拿到编修完稿的"二十四史"，仔细勘校一遍，发现仍有谬误之处，甚至连圣上的批注也存有纰漏。遗憾的是整部"二十四史"已由圣上勘校钦定，下诏印行，不能再改了。

补记:时间到了公元 2016 年仲夏，在北戴河召开的"二十四史"高端研讨会上，出现了两股论潮:史学家派说，"二十四史"经过历代编修，为何仍遗留许多明显谬误?学院派资深学究说，为何史学越接近近代，通假字应用越来越频繁，几近滥用?

……

赎债的元罐

　　我的曾姥爷在黄家大院扛活，在第五个年头上，老东家驾鹤西去了。

　　老东家待我曾姥爷不错，老东家和他同餐共饮不说，喝粥时还把稠的都盛给曾姥爷，说干活的爱饿，不吃饱哪行。曾姥爷那时年轻，有的是力气，干活快得像一阵风。老东家就喜欢他，晚上收了工，会叫上曾姥爷去他家喝茶。

　　老东家家大业大，却舍不得吃、舍不得穿，只有一项舍得，就是品茶。自己品，也给下人品。往茶壶里倒进开水，茶香便随着热气氤氲。东家就问："什么茶？"曾姥爷没白跟着东家喝几年的茶，屏住气，用鼻子吸溜，然后说："大红袍。"或说是普洱，熟的。老东家就笑眯眯地点点头，很满意地在挂满字画的屋子里踱步，然后走到八仙桌前，招呼曾姥爷笔墨伺候，片刻，老东家笔走龙蛇，一幅草字已就，然后细细端详，颔首得意。收拾笔墨停当，曾姥爷忙从内屋端出一只盛着温水的铜罐供老东家洗手。曾姥爷知道，这是老东家的挚爱，是他特意托人在京城请人淘的。老东家虽是土财主，却有这份雅兴，品茗，读画，赋墨。

老东家身子骨很健朗，可说走就走了。麻秆似的少东家接管了家务，却只顾抽烟喝酒，其他概不过问。

到了年根，曾姥爷要结账回家。少东家纤细的手放下怀中的烟枪，黑豆粒似的两颗眼珠盯住曾姥爷说："老四，要回家了？你也知道，今年粮价不好，咱家粮食还没卖。要不，你把粮食背回家？"

曾姥爷想了想，就说："不了，东家，您有钱就给，不方便来年一起算也行。"

又过了一年，秋后算账时，少东家挓挲着两只细手，对曾姥爷说："看看，今年地里歉收，你说咋办？"

曾姥爷说："少东家，您家大业大，骡马成群，再困难也不能少了扛活人的钱。我今年再不能空手回家啊！"

少东家一下从太师椅上跳起来，指着曾姥爷的鼻子："眼下没钱，也没粮食。别说我赖账，你看这屋里什么值钱，你就拿什么。"

曾姥爷知道，今天如不拿，明天账就清了。曾姥爷对这间屋子太熟悉了，除了桌子就是椅子，两只花瓶，再就是一套上好的景德镇茶具，下面配黄花梨的托盘。但不能搬桌椅回去。搬走了，再来客人总不能坐地上吧。墙上还有一座西洋钟，但西洋钟是没有用的，看时辰从来都是看地上的影子。西洋钟下吊挂着四条屏，他又欣赏不了那画。最后，曾姥爷盯住他平日为东家端水洗手的铜罐，这也不值什么钱，在他眼里，那是老东家喜欢的，要了也算是对老东家的一个念想吧。由此，少东家手一挥："拿走，账清！"

曾姥爷端着锈旧的铜罐回家，成了人们数落他半生的笑柄，十里八村都知道曾姥爷比谁都要傻，三年的工钱哪，只换回一只锈蚀残破的铜罐，不顶吃不顶喝，或许是人家的尿壶。

后来曾姥爷和曾姥姥有了孩子，那就是我姥爷。我的姥爷长大娶亲也生了孩子，当然那就是我的母亲。

正如根苗扎在贫瘠的地里，也会倔强地抽出枝叶，人吃树叶也长肉，喝凉水也带劲。母亲长到二十岁，身上的短蓝布褂遮不住青春气息，转眼到了出嫁的年龄。清贫的姥爷只有三尺花布给母亲当陪嫁，我母亲是腌制泡菜的好手，就偷偷捡拾那个锈蚀的铜罐。好在我父亲家里也穷，没嫌弃母亲百无一用的陪嫁。

后来，母亲生了我。我呢，大学毕业，一晃在这个城市工作二十多年了。结婚时，女方提出先买房再完婚，可买房是天价呀，我哪里来的钱呀？

在朋友的怂恿下，我征得母亲的同意，端着锈蚀的铜罐参加了中央电视台在本地的寻宝节目，几位专家用放大镜照了又照，最后一个灰白头发非常谨慎地说："真品，绝对真品！这是元代宫中藏器，价值当在几百万元之上！"

这就发财了？从寻宝会上回来，我一直晕晕乎乎的，像在梦中。

有人敲门，是位文物商打听到我，要收购那个锈蚀破旧的铜罐。我本不想卖，父母老了，用钱的地方多，就卖吧。买家仔细观察着铜罐，突然，铜罐内底部几个凸起的字让他吃惊地问："您这东西是哪来的？"

"当然是祖传的。"我故意摆出一副世家子弟的模样。

买家连连退后三步："难道府上也姓黄？"

看买家认真，我先说了一句："感谢我的曾姥爷和姥爷。"然后道出这东西的来历。

买家黑漆漆的眼睛呆愣半晌，慨叹一声："铜罐底写着'黄鸿儒'三个字，这是我曾祖的名讳，就是您说的老东家。也就是说这东西原本是我祖上的。世事因果，不可欺心，冥冥之中，今天我不是来做交易，更像是来还债，利滚利地来偿还祖上欠下的年租工钱。"

我无言以对，愣住了。

窗台上那盏灯

老倔爹送走支部书记和区里来的两名纠察队员，望着那扇窗户陷入了沉思。

刚才，支部书记问他："望春回来过吗？"他答道："从年节一走就未回过。"可抬头却碰见支部书记狐疑的目光。

支部书记吸溜一下鼻子："二公，还不知道吧，望春出事了。"

老倔爹一惊："出了什么事？"

"杀人啦，这不，纠察队正寻他哪！"

老倔爹便愣眼看着戴着红袖章的两个人，还发现他们腰间别着黑亮亮的枪，不由心里颤动："望春杀谁啦？"

纠察队员满脸严肃但不失温情地告知他：望春在城里出卖了自己的交通员，东窗事发，有人检举他，他捅死了别人，畏罪潜逃。

"二公，你别上火，既是望春杀了人，那便是犯了天条。人家纠察队还有事情跟你说。"

纠察队员抿抿嘴唇，说："老人家，您的心情我们理解。但是儿子杀了人，犯了罪，如今又跑掉了，组织上是不可饶恕的。我们希望您配合我们来抓凶犯。否则，包庇呀、袒护呀，那样您也有罪了。按我们的经验，您的儿子讲孝心，还会回家来的，那时您必须告知我们。"

"望春真若是回家，你可得说呀！"支部书记冲着他说，"要不，叫窝藏，不光你有罪，全村都遭累，可不能糊涂啊！"

"他要回来，怎样告知呀？"老倔爹疑问。

纠察队员猝然发现窗台上有一盏灯，眼睛立时闪出光亮："对，就用它，他若是回来，您就点燃它，摆到窗台上。"

"听明白了吗？就，就点那盏灯。"支部书记重复说罢，就跟着纠察队员走了。

老倔爹心里一沉，痴痴地看着那盏灯。

他记得，儿子就曾利用窗台摆上那盏灯给山里抗日纵队伤病员传递过讯息，窗台点着灯说明家里是安全的，可放心进门管饱一顿饭。如今，他疑惑了：因为儿子，他也要用这盏灯，别无选择了吗？

早些年，望春生性胆小，可热情度高，报名当纵队交通员时老伴就极力反对，但终拗不过望春。年上据大伙说日军先遣队对山里加强了探视，形势骤然紧张起来，而儿子他怎么出卖了自己人呢？他怎糊涂到这个地步？还杀了人？老伴前年去世，临走前还嘱咐他要把住望春的走向。这样想着，他不由将目光投向窗外，那座山坡上，老伴孤独的坟茔立在那里。他心里怅然地说："要是你还在，会有这回事吗？"

风轻轻地拍打着窗棂，蟋蟀在墙角嘟嘟地叫，老倔爹刚要去闩门，突然间，门"咿呀"一声开了，望春站在他面前。他几乎不敢相信自己的眼睛，使劲儿眨动几下，站在面前的的确是望春。

"爹。"望春憨憨地叫一声，"爹，快给我点儿吃的。"

老倔爹将望春招呼到厨房，说："锅里有饭，你吃吧，我再给你煎俩鸡蛋。"

望春狼吞虎咽地吃着，眼睛贼溜溜地寻觑着，待最后一口食物从喉咙处"咕噜"一声咽下之后，他才急急地说："爹，我看你一眼就得走了，有没有钱什么的，给我准备点。"

老倔爹赶忙把裤腰子拽开，从里面掏出两个银圆，递给望春，说："就这些了，都拿着吧！望春，你要去哪里？"

"爹，这您就别管了。"

"望春，我说你……可到小南山的石洞里躲躲。"

"爹，您就别管我了，我这一走，是死是活，真的不好说，什么年月能见到您，也都不敢想。爹，只求您自己保重啦！"

"望春。"老倔爹身子一抖，亮亮的泪珠向脸颊处滚动。

"爹，还有一事。把咱家那把山里琼崖纵队留下的尖刀给我。"

老倔爹愣了，说："你拿它何用？"

望春咬了下嘴唇说："爹，我手头怎么也得有个应手的家伙呀。"

"什么？"老倔爹倒吸了一口冷气。

"爹，我现在已经想好，谁真若是抓我逮我，我已没有别的路了，就得拼了，反正我已是有人命的人啦，杀一个够本，杀俩就赚一个。"

"嗡"的一声，老倔爹觉得脑袋像被谁猛然击了一下，眼前金光四射，他做梦也想不到，他的儿子如今变得这般可怕了，变成了杀人的恶魔，他颤颤地向前走了一步。

"爹，快去给我取刀来。"望春显得很焦急。

"好好，爹这就去拿。"老倔爹应允着他，离开厨房，悄然走向窗台，点燃那盏灯，端放到窗台上。

当望春走出厨房的时候，两名纠察队员已出现在他的面前。

绞刑架下

　　夕阳斜照，乌云密布。

　　艾生被日军押赴刑场时，拖着哭腔，哀怨声笼罩着整个寂静的广场。

　　洪霞妈妈挤在围观的人群里，她听到有人嚷道："这软骨头会把我们搭进去的，要想办法堵住他的嘴。"艾生年幼丧父，胆小脆弱，但他富有上进心，参与一场埋伏日军的行动，因不慎被日军抓获，却经不住严刑拷打招供了计划；虽然同志们及时转移了，但日军却要让他当众举证主谋。

　　现在小镇上的人都被传唤到广场上，空气中弥漫着肃杀的氛围。

　　艾生终于被两个日本兵抛掷在绞刑架下。他身上伤痕累累，衣服上满是血迹。

"怎么啦？小伙子，你在发抖！你抬头看，那是什么——"监刑军曹指着绞刑架凶吼着，艾生沿着军曹的指向望去，只见绞刑架顶上悬吊着一个麻绳圈套，只要套到人的脖子上，按下红色按钮，他就会被绞死。

艾生惊惶地哭了，军曹俯身对他吼道："谁是主谋？"随即用手猛抓一把艾生蓬乱的头发，逼向他。

艾生像杀猪般凄惨地哭着，满脸恐慌，没一丁儿血气。

"快说实话，谁是主谋？"军曹又扇了艾生一记耳光，"软骨头还想代人受过。"

艾生哭着，没有回答，他把目光投向围观的人群，那里有他熟悉的脸孔，多么渴望有人站出来救他。终于，他探寻到母亲慈爱而痛苦的面容，他伸出一只手，哀叫："妈妈，妈妈救我——"

"再不说，上绞刑架的就是你！"军曹瞥了人群一眼，对他吼道。

艾生忽地记起什么，他说："不是……是我。"

"好，将他套上绞绳，绞死他。"话音一落，两个日本兵立即将麻绳圈套套进艾生的脖子。

艾生的身子一下颤抖起来，他将目光再次投向围观的人群，他看见日本兵将挤上前的妈妈挡了回去，他挣扎着试图伸出手，充满期待地喊叫："妈妈，妈妈救我——"

"噢，谁是你妈妈，快点站出来。"军曹冲着人群喊。

洪霞妈妈终于从人群中站出来，显得出奇的平静。

艾生像见到救星一般，他想扑上去，可是被日本兵摁住了，他哭道："妈妈，他们折磨我，我受不了啦……"

洪霞妈妈走近了，靠上去，捧着艾生瘦削的脸，抚慰他："不，孩子，你别怕，你受得了，你比妈妈想象的还要坚强。你已经错了一次，不能再错第二次……"终于，她流出了酸楚的眼泪。

"妈妈，我怕，我不想死……"艾生抱着求生的欲念。

"孩子，我们都有那一天，只不过你先走一步，我们在那里与你父亲团聚，他是我们永生的骄傲，但我们见到他时都要面无愧色！"她宽慰着他，似乎要唤醒他应有的坚强。

"他们要绞死我，我还年轻，我不想死——"艾生恐惧地哭着。

"很好！不想死，就把主谋供出来，他一定在人群里，供出来，我敢保证你就会跟妈妈回家去。"军曹将目光抛向人群，诱逼着艾生。

"妈妈，我真不想死。"艾生飘忽的目光又一次投向人群，然后转向妈妈，似乎巴望妈妈的回应。

"好。"洪霞妈妈转向军曹说，"那就让我来问。"军曹挥挥手应允了。

她顿了顿，仿佛整理着思绪，望着艾生，深情地说："孩子，你看着妈妈，别害怕，不要哭，妈妈爱你，妈妈不想你受苦，更不愿意更多的人受苦，你等着妈妈，妈妈会来陪你，相信妈妈……"说时，她盯准那个红色的按钮，跃身上前去。

军曹见状顿悟，急忙喊道："拉住她，拉住她——"

刹那间，洪霞妈妈已用力按下了电钮，麻绳圈套一下子勒紧艾生的脖子，他整个身子向上悬空时，她眼前一黑，昏倒在绞刑架下。

远山，残阳如血，山岚弥漫……

1944 年的攀亲

我爷爷好攀亲，几乎毁了他，却也救了他。

听父亲说，我爷爷只要迎面逢上人，几乎都要攀亲。

比如说，村里迎面来个货郎，我爷爷一定要问："哪个村的？"那人答："牛斗园村的。"我爷爷就说："牛斗园村我有亲戚呢。"那人就问："你的亲戚叫什么名？"爷爷便告诉他："叫许玉山，是孩他姑父。"那人说："呦！那我俩还是拐弯子亲戚呢，许玉山是我弟弟的叔丈人。"我爷爷便喜形于色："那我们是一家人了，进屋喝杯水呗，要不吃完饭再走。"

如果那人是收鸡毛猎皮的或是锔盆补锅的，便跟我爷爷进家，喝水抽烟，如果正好赶上饭点，有的还真吃了饭再走。若是卖西瓜阳桃或粽子糕饼的，就不敢进门了，人家害怕孩子时的我父亲把他的货吃了，其实我爷爷根本没那个意思。

1944 年，秋后的一天深夜，我爷爷给屋后的牲口添完草料刚躺在床上，听见门前院子里"咚咚"几声响，我爷爷忙推醒奶奶，对奶奶说："快起来，有人跳进院子了。"

爷爷下地开了门，一会儿进来几个人。一个留八字胡的人掏出大肚匣子枪"啪"地往桌子上一拍，说："快给我们弄点吃的。"

原来这伙人是汉奸柳春龙的人，柳春龙是山里有名的山大王，后来让日军收买过去，专门和地下党作对。这几天县大队正在追剿他们，头天在椰花河边与县大队打了一仗，伤了几个弟兄跑到了这里，眼看天要亮，便进了我爷爷家里，打算等到天黑以后再走。

我爷爷知道他们的来历后，不敢怠慢，赶紧吩咐奶奶做饭。做的是葱花烙饼覆鸡蛋，那几个人狼吞虎咽地吃上了。

我爷爷坐在一边和他们聊天，一聊天，爷爷和那八字胡还攀上了亲。我爷爷很高兴，对他们说："吃完饭你们就睡觉，天一亮我上集买肉打酒去，中午咱们好好喝两盅。"

我爷爷这一去就是半天，都中午日歪了，还没回来。那几个人感觉不妙，正想走，外面响起了枪声。县大队的把他们给包围了。

那几个人仓皇地逃走了。

多半个月后，我爷爷在县城的饭馆和一个贩牛的朋友喝酒。

忽然，冲进来几个人，其中一人大声地问："谁是符友善？"

"我就是！"我爷爷以为又遇到了熟人，大声地答应。

"找的就是你，跟我们走一趟。"那几个人把我爷爷带到一个院子里，院门插着一面"膏药旗"，才知道是日军军营。见到八字胡，八字胡说："好啊你，活得不耐烦了，竟敢到县大队去告密，害得我们伤了几个弟兄。"

我爷爷大惊，他知道按旧例，他要被八字胡沉到椰花河深水潭的。

那是个腊月的天，寒风刺骨，椰花河那个深水潭，浮动着冷气，迷蒙一片。

我爷爷被扒光了衣服，赤条条地蜷缩着身子，冻得浑身哆嗦，牙齿上下打战。

两个日本兵一人抄脚，一人拽胳膊，正想把我爷爷往深水潭里扔，也活该我爷爷福宽命大，这时过来一个穿猞皮袄的大胖子，对那两个人说："等等，绑石头了吗？"我爷爷听着声音熟忙扭过头来看，又觉得面熟，一想想起来了，忙说："表……表叔，您不认……认识我了？我是友善啊！我……我结婚时，跟……跟您一桌喝的酒！"那大胖子一愣，忙端详端详我爷爷，一拍脑袋说："你是表侄女婿吧？这么些年总不去表兄我那儿，差点儿都不认识了。"

我爷爷终于因为攀亲得救了。

事后我爷爷对父亲说，其实那天真不是他去县大队报告的。而是那天我爷爷在圩集上遇到一个脱土坯的人，一攀谈，

144

还竟是亲戚，他俩到酒馆喝酒去了。

没想到，一喝酒把家里的事忘了。

补记：1945年日本投降才知道，一年前我爷爷在圩集上遇到的那个脱土坯的人是县大队的交通员。他们在县城喝酒的时候，县大队将我爷爷家围住后，只是因为武器太差，未能捉住或歼灭那伙皇协军。奶奶后来回忆说：县大队的枪"嗵嗵，嗵嗵"地响，土匪的枪"嘎嘎，嘎嘎"地瘪了。

《过客》续尾获奖作品

小小说以传播快、范围广和影响大，已成为一个有着广泛群众基础、符合现代媒体传播规律的文学新品种。以征文或大赛的形式组稿体现主题精神，也成为业界的一种潮流。某市政法委为彰显政法时代风貌，弘扬主旋律，与地方日报副刊举办小说《过客》续尾征文，要求不超过两百字，全文如下：

小海仔没有等老旺爹狩猎归来就走了。

老旺爹从山那边拖着疲惫的身躯回来时，女儿二杏就告诉了他。他心里一沉，满脸怅怅然，好像失去了什么。

二杏对爹说："他说，他还会回来的。"

她接过爹扛在肩上的猎枪，挂在屋前的墙壁上。老旺爹长长地叹了一声，就愣愣地向大山口望去……

一年前，小海仔是被老旺爹从山那边驮回来的。

老旺爹是大山里出了名的猎手。那日，天刚蒙蒙亮，老旺爹就起身上山去，没有打到猎物，却发现一个陌路人，正昏倒在地。这人就是小海仔。

老旺爹将小海仔驮下山来，二杏端水给他喝，他惊恐地盯着老旺爹，倏地，就有泪水漾了出来。

尔后，听小海仔说，他是海那边的人，是跟人进山收购槟榔的，不料钱财遭劫不说，反被揍打一顿，迷迷糊糊地丢在山上……

老旺爹怜惜小海仔，便收留了他。

有多少回，老旺爹打到猎物，要翻山进城去售，就邀小海仔一同去，可小海仔总是借口婉拒。渐渐地，老旺爹有了发现，小海仔在面前满脸堆笑，可背地里，却是满腹心事地叹气，有时，他望着山坳出神，二杏喊他几声，他才陡然回过头来。

老旺爹问过小海仔："想家了，就回去看看，大山不留客。"

小海仔却满脸惶惑："不，我留下来陪老爹你，就不走了……"说时他目光抛向二杏。二杏脸热了，转眼望向远方。

然而，老旺爹压根没有想到，小海仔会在他赶山围猎的时候走了……

山里的月亮圆了又缺，缺了又圆，转眼，又半年过去了，小海仔始终没有回来，老旺爹就搁了半年的猎枪。渐渐地，老旺爹深深的眷恋变成一种受骗的失落。

二杏憋不住了，就愤愤地骂起小海仔："爹，他欺骗了我们……"凝在眼眸里多时的泪水流了出来。老旺爹没有说什么，只是长长地叹了一口气。

　　一年过去了，老旺爹开始淡忘了小海仔，又扛起锈钝的猎枪时，小海仔却翻山回来了。

　　要求应征者根据文本承转，续接一个合适的结尾。

　　征文历时半年，反响很大。临征文尾声，有两名作者拿出应征续尾去找符浩勇。符浩勇是当地一名业余作家，写了近六百篇小小说，不少篇目也获过不同类别的征文奖项。在写作者的盛情之下，他为两名作者审定了两个迥异的结尾。符浩勇审定的续尾如下：

　　结尾一：

　　小海仔跪伏在老旺爹的脚下，哭道："老爹，原谅我不辞而别，如今才回来。一年前，我杀了人，是一个逃犯，是你收留我，救了我，我才有勇气去投案，今天，我被提前释放了……"

　　老旺爹俯身扶起小海仔，欣慰地说："不枉你待在山上一年，你缠在心头的愁结终得解开……"

　　小海仔转眼投向二杏，二杏鼻子酸酸地泪流满面……

结尾二：

小海仔跪伏在老旺爹的脚下，哭道："一年前，我是一个逃犯，多亏你收留了我，才躲过了追捕……可这趟下山去，我发现我杀的人，没死，还活着……"

老旺爹欣慰地对小海仔说："不枉你待在山上一年，你缠在心头的愁结终得解开……"

"不！"小海仔露出狰狞的面目，咬牙切齿地说，"我为自己无辜困在山上而愤恨，我又杀了他，我又逃出来了，请能收留我，这辈子，我再也不下山了。"

老旺爹听着连连退了几步，二杏在一旁愣着不敢相信。

结果揭晓，两篇都获奖了，一名作者荣获二等奖，另一名作者荣获三等奖。亲爱的读者，你认为哪一个结尾获了二等奖呢？

茶　仙

　　我们农场的绿茶闻名遐迩。

　　但在我们茶厂，有整套品茗本领的还要数"茶仙"老张，什么杭州狮峰龙井的甘冽清雅、福建安溪乌龙的绵久清香、云南普洱之悠远醇厚等，他都能从茶的颜色、香味上娓娓道来。他总是援引佛教的修炼境界，诸如："看山是山，看山不是山，看山还是山。""茶道就是禅道，禅道里渗着茶道，茶道里盈满禅机。""阿拉伯人品茶有三道。第一道苦若生命，第二道甜若爱情，第三道淡似微风。"而茶本身就是禅，茶意如斯，心境如斯。每人品茶，会有一番感悟，只不过人生不同，经历不同，感悟也不同罢了。不论是渐悟还是顿悟，就看个人造化了。

　　我曾问他："我们农场的茶叶如何？"他连连摆手说："不行，不行，我们厂里的茶呀，又涩又浑，不能喝。"他要喝茶就喝外地的茶，喝多了自然品出真经。每当与他切磋茶艺时，他都自主说起他对品茶的心得：如尝茶时，要从干茶的色泽、老嫩、形状，观察茶叶的品质；闻香时，要鉴赏茶叶冲泡后散发出的清香；观汤时，要欣赏茶叶在冲泡时上下翻腾、舒展之过程，及茶叶沉静后的姿态；品味时，要品赏茶汤的色泽和滋味。

当地人每逢外出旅游观光捎回名茶，总是爱请他一起品赏。记不清从何时起，他落了个"茶仙"的雅称。

我是厂里推销茶叶的。这些年，我走南闯北，带回来的也是各地各式的茶叶。每当从外地带回新茶叶时，总是不忘诚邀他过来，一边品赏新茶，一边海聊茶经。

今年夏末一天，我从海南回来，带回两包南海白沙绿茶。那晚，我刚吃完饭，"茶仙"却不请自到，我连忙嘱咐妻子张罗茶几，搬到庭院里。

我们走到桌边围席坐下，同他聊起此行的所见所闻。

不一会儿，妻子端上茶壶来了，随后烫壶、置茶、温杯、高冲、低泡、闻香，分别给"茶仙"和我斟上一杯。于是，我与他很快就转到茶经上。

"何方特产？"他问。

"请吧，南海白沙绿茶！"

"阿弥陀佛，原来是佛门茗香呀。"他双手合十向着茶杯作了一个揖，然后伸出右手，用拇指和食指夹起瓷杯，中指托住杯底，可谓"三龙护鼎"，将茶杯递到嘴边，茶水啜入嘴内。

只见他微闭双眼，两片嘴唇轻抿着，似乎用舌尖打转两三次，尔后巡回吞吐，斟酌茶的味道。随即打了一个响指，然后拍了一下大腿，嚷道："好茶，好茶！"说着头发一甩，端起茶壶又自己倒上一杯。

　　我欣赏着他品茶的姿态，笑着也给自己续上一杯。随即轻轻呷上一口，顿感苦味而上，再缓缓吞噬，顿觉舌底回甘。

　　我愣神看着他，说起南海白沙绿茶的妙处：这茶是陨石坑中孕育出来的。经考证，七十万年前，一枚巨大的陨石着陆砸出大坑，是迄今我国唯一被确定的陨石坑。茶园位于陨石坑中，与原始森林毗邻，环形山脊流入丰沛的水汽，经年云蒸霞蔚，空气和水都呈无污染状态，土壤中含多种元素。独特的自然环境成就了茶树的香远品孤，冠绝一方。

　　他凝望着杯里舒展游动的茶叶，带着几分经验式的口气，说："从茶色看，此茶绿中带幽，茶汤透明，乃产地气候水土极秀之至；从味道上来说，清甘润喉，沉心沁肺。品味这茶，如果用山地甘泉，则更是一番禅中仙道享受……"

　　听他一番品评，我又呷上一口，觉得余味无穷，但就是领略不到他所说齿颊留香、身心舒畅的雅致滋味，不由更加钦佩他品茗的本事。

　　我们一边喝茶，一边品味，不知不觉间，已近子夜。

　　夜风起了凉意，吹来谁家的孩子哭闹声，杀猪一样尖叫；间或，又飘来女人厉声的叱骂。空中不知何时挂上了一弯残月。

远处，还浮动着三两声疲惫的狗吠。

他起身告辞，却一步三回头嘱咐我捎回名茶时别忘了他，似乎留恋着绿茶的香高味长。

送走"茶仙"，我转身从院子里将茶几搬回屋里时，却倏地发现，从海南带回来的两包南海白沙绿茶原封不动地搁在茶桌上。

我连忙唤来妻子："你泡了哪里的茶？"

妻子说："我们厂里的茶呀，两包南海白沙绿茶你不是说要孝敬厂长吗？"

天呀，我们的品茶禅道到底怎么了？

女儿的舞蹈

指导老师攥着一把长尺，敲着桌台，面无表情地说："安静，安静了，大家仔细看着我再示范一遍，然后每个学生都跟着模仿一次，有不规范的，我再来逐个纠正。训练是辛苦的，但不辛苦，哪能取得成功。"

世博会期间，主办方为办好一台中外小朋友欢聚晚会，每个周末将所有参加演出的孩子集中起来强化训练，可每天陪伴十个孩子来的还有不少家长。这是第六天了，本来是老伴来的。可今天朱教授在集训地办事便一同来了。听着指导老师用长尺敲打台面，他知道那是无奈而郁虑，他也曾因为学生对文言文的迷茫而焦躁。

女儿本不是学舞蹈的。但自从她被选中参加中外小朋友欢聚晚会，便显得格外来劲，也肯动脑筋。近几个星期，在家里只要有空，她就自觉地对着镜子比画，接着一边听着音乐，一边做着动作，一会儿用脚踩音乐的节奏，一会儿又调整动作与节奏合拍，最后才进行全身合成。几天下来，他认为女儿跳得总算有模有样了。可刚才指导老师说到规范，他心里又一下子没底了。

伴着舒缓而熟悉的旋律，指导老师在台上转动飘移起来，边示范边讲解，终于在家长的热烈掌声中结束。她停下来，绷紧的脸笑了笑，可给人的感觉像哭。她说："这个舞的动作虽然简单，但乐感很强，要求也很高。用肢体展示花瓣纷纷落下，由花瓣纷纷落下想到光阴易逝，用舞蹈诠释美丽的瞬间，不下功夫，就很难跳出味道来。"

终于轮到女儿上台表演，朱教授的心顿时跳起来，他指望女儿能为他争气，又害怕指导老师的严厉让女儿难堪。眼下，指导老师的脾气显然有些躁，没有半点儿肯定鼓励的口吻，先是说女儿的动作不尽规范，过于刻板，后又嫌女儿跳舞踩不着节奏，缺少乐感，根本跳不出花瓣纷纷落下的味道。

朱教授平静地盯着女儿的舞步，女儿显然很争气，反复跳了几回，指导老师又耐心指点一番，可女儿最终还是焦虑了，越来越踩不着节奏。他迎着女儿瞥过来的目光，女儿似乎害怕他失望而生气。他装作一副毫不在乎的样子，不想给女儿增加压力。可老伴却不解人意，脸上流露出不悦之色。女儿下台时已是满头大汗，他迎上去，说了一句他平日最爱对学生说的话："没事的，你很有进步！"女儿的脸一下子静下来。然后，他抱着女儿继续观看别的孩子跳舞。

忽然，一个凄厉的哭声霎时响起，回头一看，是一个刚从舞台上下来的孩子被家长暗里拧了一下臀部。那家长显然是对孩子刚才在台上的表现不满，愠怒之下做了一个恨铁不成钢的动作，可孩子不会掩饰，痛得放声大哭起来。

指导老师恶狠狠地甩下眼光，那意思是别闹，要哭到外面去哭。随即那对家长将哭闹的孩子带了出去。这时候，朱教授发现，老伴的脸上掠过一缕笑意，那意思是"至少我女儿没这么不争气地哭"。可是这时候，女儿挣脱了他的怀抱，随着那对家长跑了出去。他知道，她是去安慰同读小学的小朋友了。他心里顿时欣慰起来，同情有时会激发一个人的自信心。

十个孩子轮流走台训练了一遍，指导老师说话了。她先表扬了在场的一位农村妇女，因为她的女儿跳得最好，一丝不苟，舞步严谨，不像×××（其中包括朱教授的女儿，还有刚才被家长拧了臀部的孩子）那样随意，那样刻板……跳得不规范的还要加倍努力，距离晚会的时间不多了，希望家长们回家后一定要督促孩子强化训练……

那位农村妇女红着一张骄傲的脸，谦恭地聆听指导老师的话。家长们的目光里对她充满了敬意。指导老师要求她发言，她顿了顿，终于拘谨地说了。她教子的经验是：不跳好，就不给饭吃；不刻苦，哪来的成功。她的信念是：她不会跳舞，所以一定要让孩子好好学，将来成为舞蹈家。随即，在指导老师的带动下，又响起热烈的掌声。

朱教授没有鼓掌，他一下子茫然了，说不清农村妇女说的话对或不对。当父母的很容易将自己未实现的理想寄托在孩子身上，而一旦孩子未能实现，那将会背负永生的压力。

回家的路上，朱教授同老伴、女儿都没有说话。进门前，女儿终于说了："我还要练几遍呢？"他断然改变以数字说话的方式，说："你想练几遍就几遍，不想练就歇会儿，以后我们不会强求你做你不想做的事。"

而结果是：女儿的舞蹈跳得越来越出色了。

模糊数学

　　清晨，我刚起身，就被窗外羊群动人的咩叫声吸引。我推门而望，外面大雾弥天，一派朦胧模糊。

　　昨天，我们一行俩人到达山下时层峦叠嶂，远黛凝翠，脚下小溪清澈如洗。正逢牧羊姑娘赶羊归栏，小羊羔拥聚到栏栅下的清溪去。羊一站到水边，水里就映出羊的影子。水边的羊低头喝水，水里的羊也低头喝水。它们不是在喝水，像是要亲一个嘴，嘴一亲到，羊的影子就被圈圈涟漪弄模糊了。喝完了水，羊没有马上离开的意思，而是像穿着红翠花衣的牧羊姑娘饶有兴致地朝我们望。我平生第一次从城里闯进山来，看到山光水色映衬下的白云般飘移的羊群和火苗跳蹿的红翠花衣，兴奋地按下了照相机的快门。

　　原本想趁着晨曦再有新的收获，没想到，一夜之间，大雾遮蔽的山峦只留下淡淡的轮廓，却挡不住羊群咩咩的叫声。忽然，我发现一串红红的东西在雾气中簌簌抖动，以为是牧羊姑娘的身影，就披衣出门去追寻。可走近前看，却是路上夜里从花苞里伸钻出来的山丹花。极目远望，大雾将边远的牧场罩上了一层淡淡的轻纱，让原本清晰的东西模糊起来，从而也带来一种别样雅致的美，一种蓝天日光下看不到的美。

这个埋在大西北这山褶皱里的牧场是我国稀有羊种仅存的养殖基地，其生产的羊毛亚洲独有，用其制作的商品弥珍而贵，享誉世界。我们此行是为世博会添彩经层层申报批准才来的。昨晚的接风宴上，牧场场长神秘地告诉我们，这种羊的生长环境只有大雾沐浴才能得天独厚。真没想到，这一早起来，我们果真被大雾包围，可爱的牧羊姑娘早放牧离去，山野里只回荡着羊群咩咩撒欢的叫声，我不由暗暗为天公造物而称奇惊叹：山水融洽，天人合一，大自然里一种朦胧意象的美，一种超越时空模糊的美。

读大学时，我曾经惊诧于模糊数学的概念。大凡学子，曾经何时都颇有微词：数学学科原本应比任何科学都来得更加清晰，讲求精确，怎么还能有什么模糊数学呢？而一旦接触其精髓真谛，就会觉得模糊数学当是一个了不起的突破。在人类社会中，在日常生活间，在实践科学里，有着众多模糊的东西，无论如何也无法否认这些东西的模糊性。而在大自然中，比如这远山里的牧场，模糊不清的东西更多，连给人的审美观念都不例外。有很多东西，有很多时候，比如雾中的羊群、跳动的山丹花都在模糊中反而显得美丽，别有情趣。而往往这个时候，观赏者有更多的自由，有更多的空间，上天下地，纵横六合，神驰于无有之乡，情注于幻象之中，你想它是任何样子，它就会成什么意象。

生命的最后一天

　　张新现在感到世界上确有人比自己强。他像个泄气的皮球，外面软了，内心也空，感到极度不安。他受过警察的审讯，受过街坊的辱骂，甚至痛打。那时，他只痛恨自己偷盗的技术太糟，根本没觉得胸腔里还有一颗心。而这颗心在这黄昏时，在跳动，在发热，在滴血，在受到审判。他望着偷盗来的红皮笔记本，目光呆滞……

　　本来上个月从看守所出来，他就决计不再干"钳工"行窃的事。他想改，却很难，就像知道吸烟有害却戒不掉。他发誓要好好做人，就拿出螺丝刀在手臂上扎了一下，以示永志不忘，痛改前非。然而，今天从看守所出来刚满一个月，他挤在公共汽车上，鬼使神差，他忘了誓言，忘了刀疤，顺手牵羊掏出一个姑娘的包中小包。钱不多，三百四十元，却还有一本红皮笔记本。那姑娘下车离开前，他发现她腿有残疾。

现在红皮笔记本就躺在他的眼前。他拿起笔记本，先不打开，双手合十捧在胸前，默念着，希望在笔记本里找到比纸张更珍贵的东西。于是，他翻开笔记本，先在前后套封里摸一遍，只见到三张过期的车票。他骤然记起有一回曾摸到一个大学教授的讲义，里面除了黑压压的文字，别无他物。

而当他翻开笔记本的扉页时，一行并不秀气的字吸引了他：

——要是人们把活着的每一天都看作生命的最后一天该多好呀！

——海伦·凯勒

单从名字看，他认定海伦·凯勒是个外国人，但是男是女就闹不清了。可他感到这话很怪异，活着就是活着，为什么要把它当作生命的最后一天呢？假如是我生命的最后一天，我今天还会去掏那个姑娘的包吗？何况她还是个腿有残疾的姑娘，她包里也只有三百四十元。如果明天就要死去，还要这些钱干什么呢？他想着，忽然感到左手有些麻木，就用右手捏了一下，显然，他看到了臂上的刀疤，而且明显感到手的麻木是由刀疤引起的。刀疤已在隐隐作痛。他用力挤压着，似乎无济于事，这种隐痛有一种说不出的滋味，痛中带有酸感，还有刺痒的意味，仿佛心灵里某根神经在剧烈拉动刀疤。今天算是幸运吗？

简直是糟透了，他心里自问自答；钱偷得不多，可看到的字句是：生命的最后一天，似乎也不吉利，真是明天就死的话，该有多惭愧，简直要悔青了肠；真的是明天死的话，该如何对得住那姑娘，会有人为我流一滴泪吗？刀疤的刺痛意味着死神明天就将来临吗？……

他心里不安到了极致，翻开笔记本，里面还夹着一封信，收信人鲁毓进，一个姑娘怎么会起一个男孩子的名字？他好奇地掏出信看起来——

不要感到惊奇，我与你并不相识，但我心里早认识了你。我是从省报通讯中了解到你的，对你尊敬而佩服，包括你的意志、你的毅力……

我比你大不了几岁，命运却比你差得远了。我也曾有过远大理想，但命运之神于我多么不公平，简直就是苛刻。谁让我患上了癌症！我绝望过，心里的太阳落山了，远方理想的路堵塞了。我就是这个时候读到你的事迹的。开始我还怀疑，你的事迹是媒体的炒作，或者是社会正向引导的需要，可我调查过，你身残志坚，同厄运抗争，特别是你引用的让人发奋、催人向上的那句话，深切地刻在我心上，"要是人们把活着的每一天都看作生命的最后一天该多好呀"，海伦·凯勒，你及我也许可以说是同一类人，或者都是伴随过绝望的人，但你们在绝望中找到了希望。我不知道，我还能活多久，也许每一天都是我的最后一天，但我不再惧怕死神，我要让死神看到我在人间大地上踩出的坚实脚印。冒昧地给你写这封信，并不祈求你安慰、同情或鼓励，我只想告诉你，生命的最后一天或许只是一种假设，而对于我，却是实实在在的人生追求……

下面的字句，他看不清了。落款署名叶琦，或许也是个女的。

他像做了一场梦。他的心在痛苦地呼唤，一个四肢发达而心灵污染的人，在两个女性面前沉默起来。他的眼前出现了残疾姑娘单薄的身影，第一次感到人间确有一种奇特的东西。这种东西扎在他的胸膛上，并牵引他手上的刀疤。他又看了一眼那扉页上的字句：要是人们把活着的每一天都看作生命的最后一天该多好呀！人们，而我张新也算是个人啊。他苦恼着，比过去任何时候被人抓住揍打还要难受。

窗外，夜幕渐渐降临。他忽然觉得这或许是他黑暗日子的最后一天。他决定了，明天就按信封上的地址，将红皮笔记本和三百四十元给鲁毓进寄去。主意一定，他顿觉一阵少有的轻松，手臂上的刀疤似乎也不怎么隐痛了。

他找来一张洁白的纸，开始写信，最后，他写道：从今往后，我也会将每一天当作生命的最后一天……

前面又是陡坡

车驰到阿陀岭下，开始向盘山公路攀行……

他坐在车的后座，手托着尖削的下巴，双眉微皱，两眼微闭。司机仿佛理解他的心情，把车开得不紧不慢。然而，这也并未减轻他的心烦，他的思绪一度绕回到两天前接到的那个来自偏僻山区的电话……

"你是张厅长吗？找你找得好苦呀，才知道你调到省里了，我挂了几次电话，总算接通了，你一定很忙吧？"那是一个嘶哑的女人的声音。当时，他正听取市县教育部门汇报，是在休息的几分钟时间接电话的。他很无奈地催道："有什么事吗？请直说。"

"张厅长，谢谢你，我们全家给你鞠躬，我家老张临终前还念着你。虽然他一生没取得什么成绩，更谈不上贡献，但你关心他，也是唯一关怀他的领导。老张临终前，嘱咐我一定要向你表示谢意，是你关心他，他才在病床上熬了三年多……"凭声音听，那女人一定是哭了，但语气中又不无欣慰，仿佛是演员动情地背着一段准备好的台词。"我本想当面去谢你，但你已调到了省里，那么远的路，要花多少钱？"

他静静地听着，有点儿莫名其妙：这个人是谁？临终前还记着我？怎么毫无印象？但他毕竟老成练达，决不会嘲弄别人的悲伤，更不会说，"我根本不认识你"。休息时间过去了，但他还是耐心地听着，最后只是说："你别悲伤，要注意身体，那些都是我应该做的。"他究竟做了些什么呢？他自己也茫然了。

他原在一个少数民族县当县长，去年调任省文体厅副厅长的。常言道，百年大计，教育为本，可眼下不少市县适龄儿童入学率在大幅度下降。为了这事，他搞调查，跑请示，整整一个多月，日程安排得满满的。今天是周末了，他还得赶到一个边远民族县去，出席下午召开的一个现场会。

窗外，阿陀岭崎岖盘旋的公路七拐八弯，傍着峭壁，依着悬崖，向山的深处伸去。车小心而固执地前行，一忽儿昂头冲上峰顶，一忽儿垂头驰进谷底。他凭窗望出，车正在深谷的边缘拐弯，迷蒙的山岚滚动着，朝前望去，明明是悬崖，没了路，正担心车驰向何方，路却蹦出来，又爬上一盘山的脊梁。倏地，一道山梁横斜而出，挡住路面，司机急来个一百八十度大转向。他急忙抓住椅背，心却在胸膛里晃荡。忽而，心头一热，他记起来了……

三年前，他还在一个少数民族县任职，一次赴省政府开会，车在这盘山路的陡坡抛锚了，是油泵阀门阻住了，引擎启不动，司机说要一时半刻才能修好。其时，正值仲夏，天气炎热，他只好下车了，路边不远处有一所小学，他便走去避暑乘凉。那所小学是县里最偏远的学校。他去时，有人告诉他，校长正患病卧在床上，也姓张，说是病根早发现了，但经济拮据，医药费没法落实。他听后便去看了，校长患的是肺癌。校长显然认识他，说在全县教育会议上听过他的讲话。他安慰了几句，校长憔悴的脸上，爬上了几缕笑纹。好半晌，才从破旧的棉被里伸出鸡爪般的瘦手，握住他的手，显然却比他白皙的手有力得多。那时，他没有说是因为车出了毛病而顺便来，只说来探望他。一刻钟过去，司机来催他，他便嘱司机拎来准备送给省有关领导的礼物。校长受宠若惊，十分激动，喉管顿了顿，没有说出什么感谢的话，深陷的眼眸却好亮好亮。

然而，他没有想到，他这一无意识的举动，竟然使一个生命垂危的病人在床上腾过来三年多……

他又记起了两天前的那个电话，自己简直是无功受禄。倏地，他眼前晃动出一双双熠熠期待的眼睛，一股无法诉说的情感充溢胸腔……

前面又是一个陡坡，他相信车不会再抛锚了，会攀行上去的，一定会的。

迷惘季节

———————

　　杨继是高三第一学期转学到这所重点中学的。

　　刚入学，他就被推荐担任学校红帆文学社副社长。在此之前，他曾在地方日报上发表过十多首朦胧诗。

　　他第一次参加文学社活动，是在语文组邀请省作协著名现代诗人卢斯当文学社辅导员的聚会上。要知道，卢斯是青年诗人的偶像，是诗坛一颗耀眼的新星。

　　他走进那次活动的教室时，已座无虚席，人头攒动，声浪逼人。刚坐定，身边一位可爱的女生，自我介绍道："我叫乔娇，你呢？"她的热情让他吃惊，她是文学社社长。那次活动，或许对于已发表不少佳作的他并不重要，但重要的是同卢斯成为文友。

　　说实话，那次演讲，卢斯或许不是最优秀的，但的确是很出色，卢斯的举例总是那样自由活泼，别具一格的手势和其他肢体语言结合，总是那么洒脱，诡秘而略有夸张的笑容，灿烂得足以打动在场的每一个人，让人着迷和陶醉。

然而，卢斯并不是很成功，半个学期下来的三次讲授，文学社已溜掉了不少人。但并没见他皱过眉，他曾对社长乔娇说："走吧，离开后剩下的就是精英，让别人去说，走自己的路！"

杨继凭以往的经验，文学社与主课无关，有人半途而废，纯属正常。据说，本校在上学期曾办过音乐社，开始也很热闹，但未到期末就办不下去了。

转眼天气转凉，每个周末的文学社活动，卢斯还是坚持来，文学社仍有二十多人。

一天，在路上，乔娇从背后喊住杨继，她说："你去时顺便将习作收齐，并送卢斯评点，以后文学社就靠你撑下去了。"

"你怎么不参加……那样卢斯会有想法的。"

"不会的，我爸帮我找了个家教，我走不开……"她转身跑了。他感到浑身一阵虚凉。

走进教室，卢斯还未来，但乔娇的课桌上已放着一组诗稿，但比起文学社邀请卢斯初期却单薄得多了。杨继记得乔娇曾抱着厚厚一摞诗稿，对他嚷："帮帮我，快抱不动了。"

卢斯来了，讲授诗的意境及意象、具体和抽象的表述等，但杨继一句也听不进去。下课时，他将收上来的诗稿递给卢斯，卢斯却说："乔娇呢，她没有来？"他显然发现她的座位一直空着，预感到什么事情发生了。

杨继讷讷地说："乔娇，她今天有事……"

离开学校时，杨继去送卢斯。卢斯忽然问："你真的爱好文学吗？热爱诗歌？"

杨继一时无语，然后又点点头。

卢斯又问："乔娇呢？她也是真的？"他或许在怀疑乔娇的文学态度。

杨继自信地说："我想，她是真的，和我一样。"

"我讲授后，你们都悟到什么了吗？其实，创作靠的是感受，不论写什么其实是写自己，不管你写了什么，关键是让别人感受到了什么。"杨继似懂非懂地低下头。卢斯还说，他读过杨继的诗作，很有天赋，千万别荒废了。

杨继不假思索地承诺，一辈子同缪斯为伍。

一个学期快过去了，文学社里仅剩十六人。虽然未停办，然而乔娇却未再出现在文学社里。卢斯仍然来，讲课仍是神采飞扬，仿佛无视教室里空落落的许多座位。

期末，班主任找到杨继，说："你的功课一退就是千里，下学期就是高考冲刺了，从下周开始，学校办个补习班，你来听吧，你父亲同我说过。"

接下来的日子里，杨继左右为难，喜欢文学没有错，但文学代替不了高考冲刺。

又是周末，杨继想，就是要去补习数学，也要交代别人收齐大家的诗稿。于是，他还去那个文学社活动的教室，却在门口逢上班主任。班主任说："你怎么不去听数学课，快走吧，别迟到了。"杨继犹豫一下，最终没有进入教室，就离开了——离开了文学社。

事后，卢斯找到杨继，杨继抬不起头，说："对不住，我不会放弃文学的，但，我的数学……"

卢斯却说："没有什么对不住，谁也不能对不住文学，可我理解你。"杨继抬头看他，见他眸子里很亮，仿佛被什么灼伤了。

自那以后，每个周末，杨继就去补习数学，经过那个熟悉的教室时，就忍不住张望，卢斯仍然在滔滔地讲，十几个同学仍在默默地听，只是自己的数学却未见长进。

待到期末考试结束的那个周末，杨继兴奋地跑到那个熟悉的教室，其中有个女生对他说，卢斯不会来了，他授的课已经讲完，他说过脚下的路要靠自己去闯。

自那以后，杨继就再也没见到卢斯，考入大学中文系后，他还写诗，不时也发表若干，却很少见到卢斯的诗。之后听说，顾城在新西兰自杀后，卢斯也卧轨自尽了。

有个中学时与杨继同班的同学对他说："文学也能害人，你当初如果一度黏上卢斯，说不定你也会自杀。"

同在屋檐下

入秋，如晦的暮雨不解缤纷景色的风情，笼罩着海南东部商埠小城嘉积镇。

元亨路，一个中年妇女夹着提包，贴在街旁的墙根边躲雨，头上人家的阳台伸出而成的屋檐，能遮住一米来长、两米余宽的地盘，但斜风一紧，雨水仍可逼进来，透入肌骨。

几辆三轮摩托车驶过，不少人顶着风雨去追赶，但人多车少，有人被风吹雨淋着了，仍赶不上车……

中年妇女正要拔动脚，又收步了，叹了口气，抱紧瘦削的肩膀仍贴在墙根，盯着街上飘忽的风雨。

一阵急促的脚步声由远而近。

又一个小伙子闪进屋檐来。他喘着气，嘴里咒骂着鬼天气，狠狠地跺着湿了的脚，水珠溅到中年妇女的裤脚，中年妇女避开一步，扭过身去。

雨中，一个身材条直的姑娘朝着屋檐奔来。

她本来打着伞，但伞太小，挡不住风雨的前后夹击，小腿以下全湿了。挤进来后，她躬身挽起裤筒，露出白皙的小腿，撩了一下额前零乱的刘海儿，本能地对中年妇女和小伙子一笑，却见小伙子正盯着她裸露的小腿，便忸怩地转过脸去。

最后来到屋檐下的是一位老伯叔。

他年逾六旬，鬓角斑白，身上披着一件宽大的雨衣，却被风冲袭得像一只鼓翼的风筝，瘦小的身躯在雨衣里不住地打战。

来晚了，老伯叔自然不能像先来的贴在墙根边。他表情冷漠，不朝别人望一眼，静静地站在屋檐边沿下，风一横，他的雨衣不时被雨珠"滴答"地打着。

屋檐下，四个陌路的人静静地躲着风雨，谁也不吭一声。

天边，又闪过一道耀眼的雷电，风雨更大，寒意更重。

中年妇女不由起了一身鸡皮疙瘩，抱紧肩胛。

姑娘深深地打了一个寒噤，揉擦一下啧啧发痒的鼻子。

老伯叔被摇曳的雨帘呛着，有点透不过气，龟缩着身子。

小伙子迟疑了片刻，然后迎着风雨冲袭而来的方向，一下子跨到前面去，把老伯叔让到墙根。小伙子的背后，老伯叔、中年妇女和姑娘渐渐并排贴紧了墙根。

风，更紧了；雨，更急了。阴晦的天空一时半刻没有晴朗的意思。

　　小伙子站在屋檐下前沿，头发和前胸湿透了。中年妇女望着他的后颈窝，掏出一条旧皱的手巾……又迟疑地放回提包。

　　姑娘的手动了，举起小伞，一点一点张开，又一步一步升起，向前面伸开去，终于伸到小伙子的头顶。

　　小伙子连打了三个喷嚏，摸出一支不算昂贵的烟，可打火机一直打，总打不起火苗，终于失望地将打火机抛进雨水中。

　　中年妇女下意识摸了摸衣袋，但什么也没有掏出来。

　　"啪"，一朵蓝色的火苗升起，照着屋檐下躲雨人的脸，老伯叔把打火机伸到小伙子跟前，烟点着了，小伙子狠狠地吸了一口……

　　一股潮湿、黏腻、辛辣的烟雾弥漫而起，中年妇女不由咳嗽两声，小伙子回望她一眼，又无奈地将烟抛进雨幕中。

　　中年妇女似有歉意，嘴唇嚅动一下，却没有说出声来。

　　屋檐下又一阵沉默，只听见风声、雨声和自己的心跳声，积满雨水的街面像一面洁净的明镜，倒映着屋檐下四个陌路躲雨人的影像……

父亲，从乡下来

　　刚过秋分，风就软了，离寒冷还有一些日子。

　　窗外，连日来阴晦的天空，不间歇地洒着毛毛细雨，飘得我一度恹恹的心情发潮。今天早上，我的几个大学毕业后未再见过面的同学好友就约好，今夜到我这里重叙，这无疑就像霉暗的屋子晒进一缕灿烂的光芒。

　　刚吃过晚饭，我正洗茶具，门就被敲响了，准是他们来了。咚咚的敲门声好重。唉，都进入社会了，怎还像在学校时那样冒失。我上前打开门，不由一惊：哦，是父亲，他从乡下来了。

　　父亲裹着一件半旧不新的大衣，头发上挂着零星的雨珠，消瘦的脸上一双眼睛却十分有神，背上还驮着一只鼓鼓的布袋。我脱口而出："爸，你怎么来了？"

　　父亲似乎显得很不安，讷讷地说："家里闲，今早拔了花生，你娘惦着你，就嘱我来……"说时，他放下布袋，抹了抹头上的水珠，才慢慢舒了一口气，对我巴结一笑。

我本能地操起茶具，问："吃饭了没有？我来煮……"心里却有一缕隐隐幽怨，那时候，妻子到一个边远的乡镇蹲点去了，我的饮食糊口靠自起炉灶，自然多有不便。父亲仿佛意识到什么，阻拦我："别煮了，我吃过了……刚才，刚才在街上。"

我没有迟疑，抢过话："别说谎，挨饿的可是你。"说时，还是执意淘米，可父亲很倔，上前拦住我，一度说在街上吃过了，说时他已操起扫帚，打扫地板。

刚刚收拾停当，我三个同窗好友来了，二男一女。两个男的在高中读补习班时，一起睡在一张宽大的床上。大冷天，一张薄薄的被子你争我夺，夜里几十个轮回还未见天亮。后来，都考上了大学，虽然不同院校，却书信不断，常有联系，可参加工作以后尚未见面。女的是高中时大家公认的校花，班上的男孩都倾慕她，但表示好感的手段却引起她的反感。记得有一个雨天，她去食堂打饭，我给她送过伞，换来的只是一句谢谢，尔后就是无言的结局。而今，她已成为别人亮丽的风景，但大家聚到一块，仍是哥们儿铁姐般的朋友，有一句话说得好，只要彼此爱过就是无憾的人生。

父亲显得热情过剩，格外勤快，喜滋滋地端出从家里驮来的花生。花生是刚从地里拔起就用水煮熟的，吃时有一股原汁原味的香气。

我的同窗好友坐下，尝着花生，都说父亲好疼我，羡慕我有这样憨厚慈祥的父亲。

父亲拘谨地坐在一边，不时还插几句话，我的同窗好友显得很客气，对他嘘寒问暖，还询问起乡下收成年景。父亲一点也不生分，絮絮不休地作答，甚至忘情地唤起我的不悦听的曾在中学时就惹女同学取笑的乳名。

花生终于吃腻了。

我趁着父亲上洗手间的机会，把五十元人民币塞给他，说："爸，今夜剧院上演琼剧，海口剧团的《猫狸换太子》，是新剧目，育明演主角，你去看吧，顺便将花生壳端去倒了。"

我深知父亲喜欢琼剧。我读中学时，每逢军坡节，他总是跨上自行车走村串户地去看。参加工作后，我不时回乡下，就买几盒新版的琼剧磁带给他。如今剧院正逢演戏，他当然高兴。他向大家道别后，就飘然出门去了。

父亲一离开，我的三个同窗好友就更无所顾忌，海阔天空地聊起来，什么婚姻上有温暖的家庭并不温馨，有可爱的妻子却未倾心；什么情场上只在乎曾经拥有，不在乎天长地久；什么官场上不论过程中的争夺，而应注重最终卓有成效的结果……絮絮叨叨，莫衷一是。

时间过得真快，夜渐渐地深了。不知不觉间，子夜已过。

我的三个同窗好友起身告辞，我送出门外，忽然记起父亲还未回来。这时候，剧院早该散场了,他到哪里去了呢？于是，我转身回屋，找出一件大衣出门去。

街上，毛毛细雨仍在飘洒着，寒意伴随夜幕明显地浓重了。几间临街的店铺开始打烊，回响着关门的咿呀声，我沿着剧院的方向寻去。

远远地，我就看见高大的剧院大楼已漆黑一片，门前几盏昏黄的路灯疲倦地睁着眼睛，小商贩们已收拾起夜市的摊档。父亲，你到哪里去了？

我在剧院门前的台阶上徘徊，向四下黑暗的角落找寻。父亲，你在哪里？

忽然，我发现一个栏杆处倚着一尊佝偻的黑影。我疾步过去，哦，果然是父亲。他睡着了，手里还抓着一只煎糊的葱油饼，他或许来的时候压根就没在街上吃过东西……

我犹豫再三，不忍唤醒父亲，他消瘦的脸显得疲倦而苍白。但寒意渐渐更重了，我脱下大衣，披在他单薄的身上，他却恍然醒了，不经意地对我歉意地一笑，陡然，豆大泪珠已溢出了我的眼眶……

永远的零售小摊

　　黄老师早离去多年，我印象最深的是他的家门前曾撑起一片简陋的零售小摊。其实，那是他的家不幸被盗贼偷劫后的事。

　　据我所知，他担任我们毕业班语文课老师那年，已在小镇中学当了三十八年的"孩子王"。我常常苦于文言文中的某些一字多义，就寻到他家里去。他家的摆设简朴、典雅，用旧时黑盐木制作的仿古太师椅四大件，多少漾着一种古色古香的气氛。然而，福祸旦夕间，谁也没有想到，他偕同师母趁着五一节的两天假日，赶赴省城探看就读师范院校的女儿时，只一夜未归，家里就全被盗贼搅乱了。

　　至今，我仍然记得他携着师母回到学校知悉家里被偷盗时的神情：老花眼镜后，他两只灼灼的眼睛闪了闪，嘴巴还喃喃地反问："是真的？"尔后，进屋去，又踅出来，对着围看的人说：“没什么，没什么，书没被偷就好！”

大致一周以后，他在家门前撑起了一爿零售小摊。后来才听他说，他在学校图书室读到朱士奇写的一篇名为《神奇的绳子》的微型小说，写的是一对大学教授夫妇家里被盗了，警察交给他们一条绳子，节日去街上照看自行车，只一天就换回被偷去的损失。因此，他受到启发，以两条木棒交叉钉紧，铺钉一块两平方米左右的豆腐布，用竹竿顶着，就撑起了一爿零售小摊，让清居寡淡的师母去料理，指望日子能够有所好转。

小摊卖着各式各样的点心、糖果、瓜子等。我们毕业班总是鼓励不论高年级还是低年级的同学去买，并常常说，他卖的瓜子比其他小摊卖的多出一种奇特的香味。师母那皱着多日的眉眼总算舒展了许多。据说，小摊每天赚的钱比他的日均工资还高出三倍多。他总是摇着头笑。

然而，他的零售小摊摆不到一个月就消失了，缘起那个晚自修……

那个晚上，由于班委会的默许，同学们（包括我）都在漫不经心地嗑瓜子。但按规定，上课时间是不能吃东西的。他的忽然到来，使我们都措手不及……

他进来，嗑瓜子的声音才零星地淡下去。他紧紧地盯着我们，半晌，扶了扶老花眼镜，扫视着每个同学的脸，说：“你们从什么时候起，上课时间也嗑起瓜子了？”我心中正打鼓，猜想他一定已听到别的班级的议论，或者是他已明白我们为他零售小摊的销路纵然白天嗑不完天天也要买瓜子的秘密。

我们谁也来不及考虑周详回答他的问话，不少人低下头去。我静静地望着他背着手来回地踱了几步，再没有多说什么就出去了。

次日，他家的零售小摊便消失了。

第一节课就是语文。他来了，那神色是多日来从未有过的轻松。

他直挺挺地站在讲台上，望着端坐着鸦雀无声的同学们，像讲述别人的事一样，说："谁允许上课时间吃东西了，这在学校影响多不好，难道就因为老师、因为我的家被盗？……要记着，世界上任何东西都可以被盗，但学到的知识，是永远也盗不走的……你们快毕业了，要多学些知识……"

同学们深深地记下了他的话，也记下了他的过早就消失的那一爿零售小摊……

相逢是首歌

我们支行营业部仅有六个人，而上级行规定配置七个岗位，而且要求相互制约，不能兼岗。支行为对接上级行监督考核，建立了营业部日常考核体系，每季度考核一次，考核结果与当季绩效工资挂钩。凡是一个季度里实现零差错的，奖励绩效工资三百二十五元。当然有奖也有罚，罚的额度是奖的三分之一，体现真正的正向激励。

到了季度末这一天，营业部只剩下入行见习尚未转正的梅兰姑娘保持了无差错的纪录。然而，梅兰姑娘并不像战场上最后一个幸存者那么光彩，她得到的是叽叽咕咕的议论。

"这个梅兰，看来要白捞三百余元。其实还不是我们姐妹的钱，借个名目奖给年轻人吗？"说这话的是营业部的胖大姐，过两年就要退休了。年前整合岗位时，人事部门拟重新调整她的岗位，她说，都快退休了，调整岗位，重新学习适应岗位，精力都不容许了，就继续待在营业部吧。没有料到，第一个月她就出了差错。

"唉，还是梅兰年轻，不出差错，表面上是认真负责，其实是在乎那点钱。听说读大学时靠的是奖学金，助学贷款还未还完！"说这话的是瘦菊姨，年过五旬，却将自己装点出一派少妇媚态。她是在第二个月上旬与财务部对账时出差错的。本来这应属于财务部的差错，但她的责任是没有将这张不严谨欠规范的账单做退回处理。

"那算什么嘛，不就是区区三百余元？上了麻将场，我碰一副四对，回手扛尾一把，不就是回本了？"说这话的是颇有几分姿色的娇妹妹，她丈夫在外面开了家贸易商行，很少回家，她平日下班后就把大量时间掷在麻将场上。她也是第二个月出差错的，那是她审查支票填写日期不慎，直到上级行营业部打来电话告知她，错了，当然错了！

"幸亏梅兰没错，要不，我们主任的绩效工资就同我们姐妹们一样了！我们这些小人物出错了按规定扣了就扣了，可再不能连累我们主任呀！"说这话的是刚离异的林姐。平日她的情绪也不见大悲大喜。可前半年，忽然传出她同丈夫离婚了。她是第三个月中旬出了差错的。每一次出了差错，她都自知理亏诚恳承担责任，但就是屡改屡错，简直是一根筋，她说一根筋就一根筋。

"大家安静了，别自己吃不到葡萄就说葡萄酸！建立考核机制，奖励只是一种手段，并非目的，而是通过正向激励达到杜绝差错。"说这话的是我们营业部的吕主任，她虽然没有出过差错，但在考核机制中有一项规定，部门里超出一半岗位出现了差错，作为主要负责人，她负有组织管理责任，当然也要与绩效工资挂钩。她上任伊始，就向支行提出建立考核机制的想法，很快就得到支行领导首肯。她压根就没想到，考核机制实施一个季度，就有四个岗位出了差错。三个月来，她自省思考：光凭制度约束是不够的，以人为本才是大学问呀。

到了下午，传来一个意外的消息，梅兰操作流程出现账款不符，账上少出三百万元。梅兰脸涨得通红，急得直冒冷汗。

胖大姐知道后，脸上马上流露出滑稽神色，摇头摆手，幸灾乐祸："活该！扣我们老人的血汗钱，去奖年轻人不是那么容易的。"

瘦菊姨则粗粗地吐了一口气："就是嘛，谁不一样出力工作？谁又存心想出差错？梅兰凭什么要比我们多拿三百余元？你们说对不对？"

娇妹妹却越发高傲地昂起下巴说："你说人民币是那么好拿的吗？我们扑在会计核算岗位上多少年，就是石头也熬成了青苔。她梅兰工作不到一年，就想超过我们这些老姐妹啦？不容易的！"

"哎哎，你们怎么能这样说话。"林姐叹气说。

好在吕主任不在场，她去参加支行行务会了。

······

到了下午系统停止运行前，终于澄清了事实。原来梅兰没出差错，是一会计漏递了一张三百万元的账单。梅兰像终于卸下了重负一样长长地舒了一口气，可姐妹们却没有人为她欢欣鼓舞。

支行兑现发给梅兰奖金那天，吕主任口头招呼，邀请大家下班后到郊区农家乐去聚餐，这是吕主任第一次请客，大家都欣然接受了。

农家乐装潢雅致，姐妹们头一遭光顾，格外高兴，一阵大呼小唤，早忘却工作的烦恼，丝毫不因工作因素显得生分和客气。

菜上五味，鲜榨红枣紫薯汁也互敬了三巡，吕主任拍拍手，说："百年修得同船渡，前世五百次的回眸，才换来今世的一次擦肩而过。我们姐妹们能够有机会在一个部门工作，是一种难得的缘分，不论年岁学历，大家都要互相尊重。今晚这次聚餐，梅兰主动提出用她的奖金与大家一起分享，她说自己年轻幼稚，还有赖姐姐们多多提携和帮助！"梅兰在旁边连连点头微笑。

"这样说梅兰妹妹就生分了，也太显得客气啦！"

"其实我们早就知道，梅兰年轻有为，奖金是她应得的。"

"梅兰性子温和，懂得孝敬，就知道得了奖金也不会忘了姐妹情分的。"

大家异口同声地夸起了梅兰，弄得她满脸又浮起了红晕。

不知谁提议点了一瓶红酒为梅兰祝贺，杯盏交错间还说了什么，大家事后都不记得了。梅兰依然记得的是，临走前她去买单，圆圆肉肉的老板娘对她说，账单早被人买过了，而且是六百八十八元。

河悠悠，船悠悠

一条悠悠东去的小河将椰山镇与聚居菜农的槟花村隔开。这河就两岸各取一个字，叫椰花河。

小镇上营业所的老王被抽调去搞"社教"，就在槟花村蹲点。在小镇这岸，举目可望见河对岸田畦里碧绿飘香的菜园，还依稀可辨掩映在椰树槟林里人家的高高矮矮的房舍。然而，偌大宽阔的河面，都没见一只小船。每逢集日，菜农挑菜运菜往返镇村之间，总要绕着逶迤曲折的河岸，深一脚浅一脚地走很远很远的路……

老王夹杂在赶集的菜农之中，每每走在河岸上，总希望河面上出现一只渡船。果然，有一天下午斜阳时分，他在镇上开完会，赶到河岸，发现小河里摇着一只半新的小船，但小船已离岸，快到河心了。他只好又独自绕着河岸走。

摇船的是槟花村椰子菜户主张老三。小船是他东凑西集花去四千元买的。小船每个集日上下午两趟运菜到镇上卖，闲时又能装客人往返过河，还定了一条不成文的规矩，客不满座船不开，每人收费五角，价钱略嫌贵，时不时有人嘀咕几句，但还是去坐，几回回也难得见船上空座。

老王不知是什么时候起也坐上了张老三的小船，反正，有了小船就不再走弯路，每周他也不至于待到周末才回镇上。一回，他直直地向张老三打趣："有了船，生意做得好吗？"张老三感慨地摇摇头，说："眼下，地里的菜都熟透了，有些开过花，就开始腐烂了，光靠我一只船也不是办法呀……"他说时瞧了老王一眼。

"那你们为何不申请贷款架座桥？"

"都申请许多年了，据说是镇上营业所没什么指标，又有人说要靠县银行去追加……桥字念得生茧了，连个影也不见！不过，'社教'进村了，还有个银行的，我们倒想试试！"张老三用毛巾抹了抹额上的虚汗，两眼亮亮的。

"好，我就帮你们说说。"老王冲着张老三的兴头，点着头，像是很有把握。

"真的，太谢谢你了！"张老三又端详了老王一眼，咧开缺了门牙的嘴，乐了，"你就是银行的，拜托你了……"尔后，便像一家子般聊了起来，仿似桥已架起来了。

船稳稳地靠了岸。老王掏钱，张老三不肯接，互让了一番，老王执意一塞，扭头便走，身后人听得张老三甩下话："这个老王……"

打那以后，张老三逢着老王要过河，就改了那个规矩，客不满也开船。时而，老王一人过河也开……纵然老王几回回都推说不忙，张老三都说："也好，先上船歇歇……"但老王一上船，他就开始摇桨了……老王知道张老三感谢他图报他。他领情了，频频向镇上"社教"队提意见，亲自跑了好几趟到县财政局去请示，还拎着两条"555"香烟，找县行行长去，请求给营业所追加指标，一心想在阔大的河面上，筑起一道崭新的石桥。

张老三天天摇船摆渡，老王天天去磨嘴乞钱。转眼之间，为期三月的蹲点日子快结束了。结果是老王的奔走毫无头绪，张老三的小船一天天变旧了。

"真不好意思，没能够……要不，我再联系看能否多买只新船……"老王在一个黄昏上船时，歉意地说。但立刻被张老三硬硬地抢断了："没什么，没什么，我本来就不抱着希望……"话虽这么说，脸上却漠漠的，没了往日的笑意。

老王很想详细地解释一番，但上船坐定后，张老三却没有开船的意思，他环顾一眼，船上的空座所剩无几了……蓦地，他感到一阵压抑，话到嘴边又黏住了，浑身不自在起来，便低下头，也不知道船是什么时候开的。

船靠了岸。老王掏钱，张老三爱看不看就接了，他心里颤时一片空白，像失落了什么贵重的东西。

桥，仍没有架起；船，也没有多买。小河依旧悠悠东去，小船还是悠悠摇渡……

尽管老王蹲点的日子不多了，但他总觉得欠了人家什么似的，再不敢去坐张老三的小船，又开始绕着椰花河逶迤曲折的河岸，高一脚低一脚走很远很远的路……

老马识途

　　刚下过一场透雨，用过晚饭，赵行长靠在沙发上品茶，外表仿佛很平静，可脑海里正在翻腾着呢，那张刚毅的脸上轻微浮上一缕隐秘的暗笑。

　　两年来，他受命担任这家边远县级支行行长，他的班子成员及中层干部，像众星捧月般围绕在他的身边，一切按他的意志行事，他的改革方略推行起来得心应手，连年不良贷款居高不下、财务亏损逐季递增、管理上人浮于事的支行终于有了起色。

　　年末进入预决算期，赵行长从会计财务股长送来的经营成本核算报表中获悉一个信息，全年盈利四十六万八千元，距离他在上级行立下扭亏为盈的军令状指标仅差三万两千元。啊，这是一个诱人的信息，赵行长全身一阵战栗：三万两千元，不足全利润指标的十分之一，不完成，触手可及的完成军令状指标便化为乌有。这个信息在他的脑海里的反馈是如何寻找完成军令状的最佳办法。他苦思冥想，反复掂量，觉得最便捷妥当的做法莫过于在财务报表上做偷梁换柱的文章，他当然明白，如今财务核算实施权责发生制原则，比如贷款未到期利息未收记为应收，存款未到利息未付记为应付，在这其中为三万两千元做账应是轻而易举之事。

目标即将实现，赵行长只觉得一种豪迈的成就感油然而生，一纸军令状，像一个金光熠熠的圈套住他，罩得他喘不过气来。眼下最要紧的事，是如何取得会计财务股长老马的配合。一想起老马那副呆板冷漠的面孔，赵行长心里就禁不住涌起一股失落的感觉。他寻思一阵，决定抛出最后一张王牌，支行最近分得两个招工指标，虽然早有明文规定，父子不能在同一支行工作，但完全可以安排在邻县，这对有一儿一女待业的老马来说，无疑是具有强烈的吸引力的，不怕他老马不心旌摇荡。

果然，老马不请自来。赵行长隐隐察觉出他那叩门声里透着一股紧迫感。

"我是招工空白户，这次上级行招工请行长多关照……"老马说着，递给行长一份招工申报表，脸上漾着的笑如同阳光一样灿烂。

赵行长不动声色，给老马倒了杯茶，然后平静地说："你的情况我了解，支行里类似情况的还有几人，不过……嗯，我会关注你的女儿已是二十大几的……这一事实的。"赵行长以高昂的语调结束这末尾一句。

"呵呵，承蒙关照！承蒙关照！"老马随着赵行长的语调变化不停地点头哈腰。这是个好兆头。赵行长送走老马后，心里踏实多了。

第二天，他召开了行长办公扩大会议——其实会议只扩大至会计财务股长一人。议题是怎样采取应变措施，实现盈利五十万元。

"……实现了军令状指标，为支行争得荣誉是一回事，实惠的是可以从利润中提出一笔数，作为奖金发给员工，大家辛苦了一年，不白费力，上下同乐，过个欢乐年！"赵行长语调铿锵，与会的班子成员听了，茅塞顿开，一致决定由会计财务股长修改财务报表，实现军令状指标。

老马坐在边上不吱声，也算是接受了会议决议。

又过了一天，老马给赵行长呈送了两份报告，一份《招工申报表》，后面附有一张纸条，纸条上重述了第一次申请的内容，还写上一份全家经济收入分析表，从数字上阐述招收其女儿的必要性；另一份报告只有短短的两行字，字迹却道劲刚健："关于修改财务报表实现军令状指标一事，我本人以为与财务制度有相悖之处，不敢苟同，请行长另定良策。"

老马说完就告辞了，赵行长顿觉脑海炸开，仿佛挨了一记闷棍，老马的拒绝，无异将那唾手可得的金灿灿的经营成果化为乌有。没有别的选择，赵行长踌躇了半天，终于作出了一个决定：免去老马的会计财务股股长职务，眼下先由张副行长代管会计财务股的工作。或者，他根本不必要在调整存贷款利息上做文章，最为简单的操作是在账面上将12月份的经营成本降低，挤出三万两千元移至明年1月份的经营成本中，便可成全此事。

赵行长主意已定，正要通知办公室下午召开党组会议，就在这时，办公室李主任送来一份省行刚下达的文件——《关于严禁会计财务核算搞虚盈实亏的通知》，文件还附发了两家支行行长违反纪律搞虚盈实亏的典型材料，赵行长阅罢，不禁倒吸了一口气，好险呀！幸亏那个蔫老马为自己把了关，否则后果不堪设想。

赵行长从椅上起身走向敞开的窗户，望向窗外雨后葱郁的植被，凝想起来……

青山无言

　　真没想到，大学本科电子计算机专业毕业出来，他揣着双学士文凭到县农村信用合作联社报到，竟被分配到这个埋在远山皱褶里的信用社。信用社坐落在鹰崖山的山脊上，仅有一条泥泞斑驳的山道，脏不拉叽地蜿蜒至山下，人们平日出山，总要循着山道，跑十里远的路，才能拐上进城的公路。

　　他报到的那天，那个秃了头的信用社主任老李头对他说，为了要他这样既有专业技能，又懂金融理论的人，他往县联社跑了三趟，死磨硬泡才要到他。哼！他心里暗暗叫苦，不是你跑三趟，恐怕我此刻不在县联社机关大楼里，至少也能待在县城所在镇的营业网点，至于不干个信贷员什么的，至少也会在当街临柜。

　　这个苗族聚居的乡镇，山民都环绕鹰崖山起居，农业银行的营业点早些年就撤并了，眼下只有农村信用社这一家，金融存量规模很小，按照经济核算原则，属于撤并行列，但根据普惠金融服务的要求，又一直保留着，机构编制三人：主任老李头和张会计都是本地人，他作为信贷员实行轮岗制度，大致两年一轮换。

他来到这里时，大山神奇美丽的传说，大自然旖旎的风光，还有苗族兄弟的热情好客，撼动了他的心。应该说，那时的午后，他独自漫步在椰林深处，憧憬未来的前景；依约而去参加苗家兄弟的火把节，木棉枝头下多情的山歌，山溪岸畔处火热的笑靥，充满了他既往的日子。

然而，好奇与激情转瞬即逝，孤独和寂寞相继扑面而来。熬过了一年半，一份比一份措辞激烈的调动申请他就写了三份，到今天仍无回音。老李头还说县联社钟主任说最近要进山来，但最近有多远呀，从开始说，已过去半年多了。他终于等不了县联社主任的"最近"。不同意调动，他决计辞职回县城去摆个个体摊，也比在这远山里强……

一场暴雨搅乱了他的思绪，百无聊赖之下，他向老李头倾诉了心声。

他手握一根竹棍，早把山路旁一丛茂盛的紫荆花树枝，抽打得绿汁四溅。然后，他一扬手，竹棍"呜——"地呼啸着飞下山间，仿佛这也能解闷气。

"老李头，我要回城去，向钟主任谈谈！"他语气生硬地说。

"等天晴，路干了再走吧！你知道的，这暴雨天刚过，山路上的泥泞又稀又滑，摔着了我可赔不起啊！"

看着秃老李笑眯眯的样子，他没有感觉到关心和温暖。什么泥泞又稀又滑？老李头你还不是准备下崖坡送 EPOS 机？说什么要精准扶贫？去什么助学贷款？想对我来缓兵之计呀，你就不能雨后再走？！他强作不在意地一笑，说："没事儿，怕跬上泥泞稀滑，就把你的爬山靴给我穿，我在路上就不怕什么稀与滑了！"

"嗯，也好！路上小心些，给你吧！"老李头从内屋里拎出爬山靴掷给他说："早说给你打一双。但陈木匠病了有半年，山里会做爬山靴的只有他，山外又没这东西。唉！"

别费心，反正我也用不着这玩意儿了。他知道，他不要很久就会离开这山里。要不是你尽来些好意，或许不会有我今天呢。他猫腰把狼牙形爬山靴穿在脚上，就像他在城里套旱冰鞋一样，麻利地系牢鞋带，向老李头挥挥手，起身下山。

他在县城待了三天。他去见了县联社钟主任，尽管钟主任对他做了语重心长的光荣传统教育，谈锋甚健的人事股长跟他几次促膝谈心，终于没人说过这伶牙俐齿的本科生。他被批准借调到县联社办公室。

从县城回来，他特意从朋友处借来一部摄像机。他要让这底片留下深山沟里的景致。说起来他毕竟在这里干过熬过，也算是有感情的嘛！他要跟秃老李和张会计合影留念。一年多来，他俩对他像亲人一样！他一路想着，穿着爬山靴上山爬坡时的步子也迈得出奇的轻快。十里山路，太阳还有一丈多高，他就攀上了鹰崖山的山脊。

"老李头、老李头——"他脱下爬山靴，走进老李头独住的房屋。咦？屋里怎么空无一人呢？嗯！哈哈！他的铺盖也卷走了吧？还跟我吹"在这山里干了几十年"如何如何的！早听张会计说，老李头患了腰椎间盘突出，有时下山送贷款时痛不欲生。组织上正考虑调整他。他进城三天，莫非事态变化起来总是这么快的……

陈会计劈头走进门来。

"会计长，你怎么精神不振呢？老李头呢？"

"李主任……他……他在你走的那天，到崖下村送贷款，他等不到雨停就走，连爬山靴都没穿，就滚进了山崖……"

"啊！"他惊叫一声，下意识地抱紧爬山靴……

陈会计继续说："老李头还多次说，要让你留下来，要把这山里的信用社交给你，这里需要你！"

三天后，他跪在鹰崖山上的一座新坟前，说："老李头，我不走了，就留在大山里陪你。"

如血的残阳中，青山静默无言。

绣花雨伞

阴雨淅淅沥沥地下了些许日子，总不见放晴。沸腾的椰城笼罩在一片迷蒙苍茫的雾色中。

秀月家住海甸岛，抄近路也要七拐八弯三里远，到大同路外汇管理局去上班。连日来，她披着雨衣，蹬着自行车赶到所里，刘海儿早挂上水珠，衣襟也被零星地打湿，多少有点不雅观……

今天，她终于决计，要买一把优雅的雨伞。

刚下班，她就蹬着自行车，随着人流汇进雨伞总汇的中山路……

她的容貌按现代审美标准，属于中上，今年芳龄廿六，虽不是椰城人着紧婚事的年龄，但从妈妈的唠叨里，弟媳的眼色中，她感到了无形的压力。但茫茫椰城，芸芸众生，知音何在？姐妹们为她介绍的男朋友有一打,但她都婉拒了。一个月前,在一次舞会上,她认识了外贸局的小孙,他谈吐幽默,举止大度,她颇有点相见恨晚之感。舞会上,他俩跳得尽心尽力尽兴,但散场时,大雨倾盆,她没带伞,又不愿头一回就让小孙送回家,就谢绝了,但心里就萌动了要买一把雨伞的念头,却又一度犹豫着买什么颜色的好。

前些日子,小孙来约她,还带来一本画册。她翻看时被其中一把淡色素雅的雨伞吸引了,啧啧称赞。小孙悟到她的意思,就许诺托人到香港买一把。当时,她很感激,差点儿真的吻他一下,但她终没有那样做,暗悟之下,她对他只是朦朦胧胧的好感,但好感是爱吗?心里却又期盼淡色素雅的雨伞早日买到。

然而,十多天过去了,雨伞杳无踪迹,小孙天天殷勤来邀她却不再提雨伞的事,她也不好多问。昨夜,她因为熬夜,早上起晚了些,匆匆披上雨衣蹬车赶到局里,不仅刘海儿淌水,衣襟也湿透了大半,隐约透见不怎么丰满的胸衣,她只好飞红着脸,用柜台遮掩,心神不宁地应付工作……于是,她发誓了,要亲自买一把淡色素雅的雨伞。

然而,她蹬车进入中山路,下车已逛了多半条街,浏览了各家店铺里悬挂着的一把把雨伞,都是浓彩重色的,她不中意,秀气的脸上不由浮现出一缕腻色。

当她推着自行车往回走时,目光忽然在一间不很惹眼的小店铺前停住，她瞧见了货架上悬挂着的唯一一把淡色素雅的雨伞，多少有点像画册上的那一式样。

她放好自行车，走进店铺，指着货架上的雨伞，招呼正在忙着的主人——一个打扮周正的中年妇人："请把那把雨伞拿来瞧瞧！"她目光一直盯着雨伞。

妇人笑容可掬地将雨伞取下，递给她，说："价不高，十六元，像你这个年纪的撑着特有风采。"

她不由心里一喜，好便宜，但马上又想到生意人说的都比唱的好，就按了雨伞的按钮一下，伞飞起，撑开了，她又转动了一下伞柄，正合适，布料质量好，款式又很新颖，收拢起来也雅致，她又疑虑地瞟了妇人一眼，那意思是：价格有无说错。

妇人似乎会意，讷讷地说："不瞒你，这伞布料好，款式美，进了一批，就剩下这一把了。可惜，我老头抽烟不小心，火星溅烧了一个小洞。"说时，妇人接过伞，又撑开，指点着，"瞧，我已经绣上花纹补救，不过，不留意难看出来，看到的倒是绣花……"

她的心一沉，朝妇人感激地一笑，歉意地告辞出门，推着自行车，扫兴地往回走。

刚要拐出中山路，忽听背后有人喊她。

她站住了，扭头一看，是小孙，他怎么来啦？自从那把雨伞的事未落实，她心里总是疙疙瘩瘩的，总下不了决心同他交往，正处于相持阶段。

小孙三步并作两步赶了上来，说："我上你家了，你妈说你还没回来……"说时，他瞥了一眼雨伞店铺，仿佛记起了什么，又说："是来买伞吧？我早托人去香港买了，买一把同上回画册上一个样式的，你别急，十天半月就回来了。"

她只轻轻一笑："谢谢，买回再说。"小孙还请她晚上跳舞，她只说了声"没空"便跨上车，向家里蹬去。

三天过去，椰城仍然笼罩在烟雨中，秀月还是披着雨衣，往返上下班。

下午，她刚踏进家门，抬眼便瞟见客厅里的圆木桌上，放着一把淡色素雅的雨伞，那颜色简直就是画册上一般的。她的脸上漾上了欣慰的笑意。

妈妈正在厨房里张罗饭菜，知道她回来了，甩过声："小孙刚走，送来了一把雨伞，还说是托人从香港买的……"

她脱下雨衣，顾不上抹去刘海儿上的雨珠，快活地拿起雨伞，"啪"的一声，伞飞起，撑开了。倏地，她又愣住了：她看到雨伞上有一朵曾经使她遗憾的绣花。

她又记起了妇人的话："不留意难看出来，看到的倒是绣花……"纵然雨天的凉意不重，但她还是深深地打了个寒噤……

爱在骨里

马人杰没有料到张一萍还会给他打这个盛情的电话，就像两年前他组织那次同学会时没有料到她竟然应约而来，又像一年前在一次培训班上没有料到她会断然回绝他。

两年前，马人杰刚到海岛东海岸小城任职，就组织了一次大学毕业十年的同学会，其实，谁也不知道，他潜意识里是为她而设计的。入学时，她的那篇给人印象特别深刻的入学宣言可算是他为她精心而作；尔后，校园周末的舞会，他和她便是既定现成的舞伴；多少回，黄昏后的校园小径，留下他们散步的身影；毕业时，因为去向不同，她编造了一个美丽的谎言，她留在了省城，他回到了小县城。再后，彼此杳无音信。为了忘却她，他闪电般地结了婚。

那次同学会，她翩翩而来。岁月未在她身上留下多少痕迹，同窗们却围着他打趣，他们嚷道："如果在街上遇到，不介绍，简直不敢认。"她却说她经常能见到他，同窗们一脸疑惑，他也十分茫然。直到她轻轻地走了，他也没能问个究竟。事后，他却从其他同学那里知道她的一个隐私般的秘密：她患有先天性子宫肌瘤，不能生育，收养了一个捡来的孩子。而他记得，在大学时，他多次同她讲述小县城里根深蒂固的传宗接代的陋习……

一年前的一次行业培训班，包括他和她在内的同系统的同学都去了。

常言道，同学情结没有功利，大家敞开心扉，互吐情怀。他自从知道她的隐私后，仿佛欠了她一笔重债，一辈子也还不清。他总是小心翼翼地陪伴她、呵护她，弄得同事有闲话他也充耳不闻。一次晚会上，他为大家（其实是为她）唱了一首《只要你过得比我好》，大家都鼓掌，她却只说了一声"谢谢"。尔后，他却一连几夜没有睡好，鬼使神差，夜里给她短信，天一亮又拨手机号。潜意识里，他企图能将她再次拥入怀中。

没有料到的是，培训班结束的前夜，她约见他，竟劈头就是一句："几天来你仿佛迷失了自己，我寻思，我不会再见你了。"他刨根问底："难道我连爱的权利都没有？""就是不让你有，我有家庭，有丈夫。现实是不能逃避的，只有明白了现实，你才能找回自己……"他辩驳："正因我现实，我才错失……""所以，我、我不再见你！"她掷地有声地拒绝，他为自己自作多情而无地自容。

又一年过去了，他没有料到，他和她没有一丁点联系，他心里开始淡忘她的时候，她给他打了一个盛情难却的电话，说是她班上同学柳惠琴从内地来要做环岛游，其中一夜要在他供职的小城住，盼他能赏脸一见，但口气却是不容置疑的。

按照既定的日子，她同柳惠琴如约而来，分别都把孩子带来了。

她见到他，同他握手仍是落落大方，他却一脸窘态。柳惠琴打趣他："这些年，你变得好富态，在街上，我真的不敢认。"而她却说："我们常常见面，倒未觉得。"她是否故意要把气氛搞得轻松愉快些？柳惠琴却开起玩笑，说："常常见面，莫非是在梦中？"说罢哈哈大笑。他却倏地心里一抖，张一萍为何飞红了脸？两年前，她说的话也是这个意思吗？他的脸上笑得很苦。

他陪同她们还有孩子看了水城，游了沙滩，坐了渡艇，回到酒店，已是傍晚时分。

孩子们喧闹着要去泡温泉，这时，他听到张一萍对她孩子的刻骨的一声叫，不由得心如绞痛——

她的孩子有和他乳名一样的名字，叫春雄。